Cuentos de Jack London

Jack London

Cuentos de Jack London

Prólogo de Mauricio Carrera

México ♦ Miami ♦ Buenos Aires

Cuentos de Jack London
Jack London

D. R. © Editorial Lectorum, S. A. de C. V., 2010
Batalla de Casa Blanca Manzana 147 A Lote 1621
Col. Leyes de Reforma, 3a. Sección
C. P. 09310, México, D. F.
Tel. 5581 3202
www.lectorum.com.mx
ventas@lectorum.com.mx

L. D. Books, Inc.
Miami, Florida
ldbooks@ldbooks.com

Primera reimpresión: agosto de 2013
ISBN: 978-607-457-057-1

D. R. © Selección y prólogo: Mauricio Carrera
D. R. © Portada: José Antonio Valverde
Ilustración de la portada: Joseph Mallord William Turner, *Dutch Fishing Boats in a Storm*, óleo sobre tela, 1801 (Londres, The National Gallery).

Impreso y encuadernado en México.
Printed and bound in Mexico.

JACK LONDON: LA DEVOCIÓN POR LA AVENTURA

Mauricio Carrera*

A Diego, de once años,
por su primer cuento de aventuras

A diferencia de otros escritores estadounidense, Jack London no quiso escribir la Gran Novela, sino vivir la Gran Aventura. Su vida fue la de un aventurero que escribe. Su genio como escritor lo volcó a la confección de obras que le dieran los medios necesarios para correr aventuras a su antojo. No perseguía la fama, sino el dinero. Él mismo lo planteó de esta manera: "¿Por qué ha de importarme si mi nombre perdura o no durante una chispa de tiempo después que haya muerto?". Lo importante para él era el momento presente, no la posteridad. "Quiero las recompensas por mi obra mientras pueda disfrutarlas. Denme el dinero ahora y otros pueden quedarse con la fama. ¿Qué es la fama? Un rayo de luz que se pierde en la oscuridad."[1]

---

* Mauricio Carrera (1959), posee una maestría por la University of Washington y es autor de cerca de una veintena de libros, entre los que se encuentran *La viuda de Fantomas* (Lectorum, 1999), *Saludos de Darth Vader* (Lectorum, 2001) y *El minotauro y la sirena*, en coautoría con Betina Keizman (Lectorum, 2001). Es miembro del Sistema Nacional de Creadores desde 2005.

1 *Cit.* por Richard O'Connor, *Jack London,* México: Diana, 1966, p. 481.

Fue un hombre inquieto. También, un escritor preocupado por las condiciones económicas de su tiempo. En sus obras se refleja su interés por las ideas de Marx y de Spencer.[2] Fue un socialista a su manera. Su vida fue corta y, sin embargo, intensa, turbulenta, incluso, contradictoria. Defendió las causas sociales, aunque traslucía una inclinación burguesa de dispendio y una posición racista, difícil ahora de justificar. Fue un estupendo bebedor, pero escribió un curioso y aburrido panfleto antialcohólico. Su espíritu aventurero lo llevó lo mismo a ser un joven pirata en la bahía de San Francisco que a ser un muy parcial y retrógrada corresponsal de guerra durante la invasión de Estados Unidos a México, en 1914. Se interesó en la Revolución Mexicana, pero admiró a Victoriano Huerta. Fue miembro de la Patrulla Pesquera y probó suerte como buscador de oro en el gélido Klondike. Recorrió Estados Unidos como hobo, una especie de vagabundo encaramado de polizonte en vagones ferroviarios. Construyó su propio barco, con el que navegó los Mares del Sur. Le gustaba el box, se lió a golpes en muelles y cantinas y escribió "Por un bistec", una de las mejores narraciones sobre boxeo. En 1904 cubrió el conflicto chino-japonés, adentrándose por cuenta propia en la codiciada Manchuria. Llegó a ser conocido como el Kipling de Norteamérica. Fue contemporáneo de Joseph Conrad y un digno antecesor de Ernest Hemingway.

"No hallo otro escritor norteamericano de igual coraje y de más fiera energía en Norteamérica", dijo de él Henry Miller. "Fue un verdadero rey de nuestros cuentistas, la estrella más brillante que pasó por nuestro cielo", declaró Upton Sinclair.

El príncipe de los piratas

Jack London nació el 12 de enero de 1876 en San Francisco. Su madre fue Flora Wellman, una mujer histérica, ferviente admiradora del es-

2 Herbert Spencer (1820-1903), filósofo inglés que habló, antes que Darwin, de "la supervivencia del más apto".

piritismo y de espíritu liberal, incluso en sus relaciones amorosas. La identidad del padre se encuentra en entredicho. William Chaney, la pareja oficial de Flora, negó la posibilidad de esa paternidad, al declararse impotente. Era un charlatán convertido en astrólogo, autor de un cuadernito titulado *Primer of Astrology and Urania* (1890). A los tres meses de embarazo, y tras una grave disputa que mereció incluso una mención en los periódicos ("Arrojada de la casa por haberse negado a matar a su hijo aún sin nacer, un capítulo de crueldad y miserias domésticas", rezaba el titular), Chaney la abandonó a su suerte.[3] Flora se consoló en los brazos de un granjero llamado John London, ex combatiente de la Guerra de Secesión. Se casó con él el 7 de septiembre de 1876. Bautizó a su hijo con el nombre de John Griffith London y le contrató una nodriza negra para alimentarlo.

Oakland y los alrededores de la bahía de San Francisco fueron los escenarios donde creció Jack London. "Nací como integrante de la clase trabajadora", escribió en un artículo titulado "Lo que la vida significa para mí", publicado en 1906. "Desde muy temprano descubrí al entusiasmo, la ambición y los ideales, y satisfacerlos representó el gran problema de mi infancia. Mi entorno era difícil, rudo y crudo. Contaba con esbozos, más que con perspectivas de vida. Mi lugar en la sociedad estaba en lo más bajo. Aquí la vida no ofrecía más que lo sórdido y lo miserable, lo mismo del espíritu que de la carne, porque tanto el espíritu como la carne estaban igual de hambrientos y atormentados".[4]

---

3 Tiempo después, Jack London buscó a Chaney para preguntarle acerca de su paternidad. Él le respondió: "Yo era impotente. Por lo tanto, es imposible que yo sea su padre ni tampoco le podría decir con certeza la identidad de su padre". En otra carta agregó: "La causa de nuestra separación comenzó cuando un día Flora me dijo: '¿Sabes que la maternidad es el gran deseo de mi vida, y ya que eres demasiado mayor, cuando encuentre a un buen hombre, estarías dispuesto a criar un niño suyo?'. Al cabo más o menos de un mes, me dijo que estaba embarazada…", en Alex Kershaw, *Jack London, un soñador americano*, Barcelona: La Liebre de Marzo, 2000, pp. 74-75.

4 "What life means to me", en *The Portable Jack London*, editado por Earle Labor, Nueva York: Penguin Books, 1994, p. 475.

Desde pequeño se interesó en la lectura (su autor favorito era Washington Irving), en el alcohol (su primera experiencia con la bebida la tuvo a los cinco años), por las penurias económicas de la clase trabajadora y por la aventura. A los quince años entró a laborar en una enlatadora y a los dieciséis, con los trescientos dólares que le prestó su nodriza (a la que llamaba "Tía Jennie"), se compró su primer bote, el *Razzle Dazzle*, con el que se dedicó a robar enseres pesqueros, bancos de ostiones y redes, con su captura del día. Fue apodado "el Príncipe de los Piratas". Sus delitos eran tantos, aseguraba, "que si hoy tuviera que cumplir el castigo que merecía por todas mis fechorías, habría de pasarme a la sombra de la prisión una temporada de más de quinientos años".[5] Una ocasión, borracho, cayó al mar. La corriente lo arrastró por varios kilómetros hasta que fue avistado por un pescador griego, quien lo rescató y lo llevó sano y salvo a la costa.

Tras el incendio del *Razzle Dazzle*, debido a un descuido, renegó de la piratería. De intrépido malandrín se convirtió en todo lo contrario: un joven miembro de la Patrulla Pesquera, encargado de llevar a prisión a los pescadores furtivos. Durante ese periodo navegó a bordo de la balandra *Reindeer* en busca de truhanes, infractores de la ley y saqueadores de ostras. Se enfrentó a pandillas de chinos y griegos, especialistas en el robo de camarón y salmón. De ahí provienen algunas de sus mejores narraciones juveniles, que más tarde publicó en la revista *The Youth Companion,* entre febrero y mayo de 1905. En esas aventuras se enfrentó a personajes como el temible Pañuelo Amarillo, un oriental de cuidado; al Cienpiés y a la Marsopa, dedicados al saqueo de viveros de ostras; los Deportistas, una "pandilla de villanos y asesinos que aterrorizaban los barrios bajos de Oakland"; y a pillos como Alec el Fuerte, tan dispuesto "a sobornar a la policía, como a luchar contra ella".

En 1893, tras maravillarse con las historias que le cuenta un cazador de focas llamado Pete Holt, London decide embarcarse en el *Sophie Sutherland,* una goleta de ocho toneladas y tres mástiles. Navegó por

---

5 "Autobiografía", en *A propósito de Jack London y su obra*, Bogotá: Norma, 1990, p. 42.

el Pacífico rumbo a Hawaii y más tarde por las islas Bonin y Japón. Se enroló como simple grumete. No pocas veces tuvo que liarse a golpes con los otros marineros —la mayoría escandinavos—, para hacerse de un sitio en el barco y merecer el respeto de sus compañeros. Llegó a la costa siberiana, en el estrecho de Bering, donde se tiñeron las aguas, la nieve y la cubierta del *Sophie Sutherland* con la sangre de miles de focas que eran abatidas a tiros o arponazos, a fin de ser desolladas. Se acercaban en botes y "el *bang, bang* de los rifles podía escucharse de barlovento a sotavento". Se les despojaba de la piel y se tiraba el cuerpo a los tiburones. De regreso a San Francisco, el *Sophie Sutherland* enfrentó la furia de un enorme tifón muy cerca de Cabo Jerimo, en Japón. Sucedió el 11 de abril de 1893. "Fue una tormenta seca en términos de lluvia, pero la fuerza del viento llenaba el aire con un fino rocío que volaba tan alto como los mástiles y cortaba la cara como una navaja".[6] Jack London se hizo cargo del timón por algunos momentos. "Jamás había conocido tal satisfacción extrema", como apunta Richard O'Connor, uno de sus más importantes biógrafos. Esta experiencia marcaría el inicio de su carrera literaria. De vuelta a Estados Unidos, olvidado momentáneamente del mar y dedicado a laborar en una lavandería, se enteró de un concurso convocado por el periódico *San Francisco Call*. Trabajó tres noches seguidas hasta terminar un texto que tituló "Tifón en Japón". Lo envió al certamen y esperó. El 12 de noviembre de 1893, el *Call* dio a conocer al ganador: un joven llamado Jack London, con domicilio en el 1321 de la Avenida 22, en Oakland. Tenía diecisiete años y un futuro prometedor como escritor.

Martín Edén: respeto y admiro su fracaso

La vida fue dura para Jack London. Trabajó como carbonero, en una fábrica de yute y en una lavandería. Tenía que despertarse a las cinco

6 "Typhoon off the Coast of Japan", en *The Portable Jack London*, p. 422.

treinta de la mañana, pues la jornada laboral daba comienzo a las seis y terminaba a las siete de la noche. Terminaba exhausto y cuestionándose la valía de ese tipo de vida. Esta situación se retrata muy bien en *Martín Edén* (1909), uno de sus libros más autobiográficos. Lo arduo de la existencia de la clase trabajadora contrasta con la riqueza en la que se desenvuelve Ruth Morse, la muchacha de clase alta de la que se enamora el protagonista. Mientras que él y su familia tienen las manos duras, hinchadas, heridas y encallecidas de tanto trabajar, para Ruth, la pobreza no era más que "una palabra, cuyo significado expresaba una forma de vida poco cómoda". Martín Edén, inteligente y sensible, se levanta de entre la marginación a través de la escritura. "Se le ocurrió una idea magnífica: se dedicaría a escribir." La decisión es de índole artística y económica. Tenía en mente a Rudyard Kipling, quien cobraba a dólar la palabra. La literatura se le presenta como la oportunidad de obtener lo mismo dinero que prestigio, a efecto de aspirar a la aceptación como pareja de su amada. El principio no fue fácil. Debía trabajar y escribir, pasar los días sudando la gota gorda y las noches en pleno desvelo dedicado a confeccionar cuentos y artículos varios. El resultado era nulo. Las revistas y periódicos lo rechazaban. Russ Brissenden, un destacado poeta con una alta educación universitaria, llegó a decirle: "Se esfuerza usted en escribir, pero no en alcanzar el éxito. Por consiguiente admiro y respeto su fracaso". Martín Edén se desilusiona, pero no se desespera. Sigue escribiendo hasta que empieza a ser publicado. Los editores y críticos descubren en él "a un estilista que, además, sabía contar cosas interesantes". Los cheques en pago por sus textos comienzan a fluir y él a llevar una vida más holgadamente burguesa. "El dinero iba a parar abundantemente a sus manos y su nombre había alcanzado una altura máxima en el mundo literario."

Martín Edén, sin embargo, fiel a la corriente naturalista, no debe verse como la novela típica de una historia de éxito, sino la de un alma sensible. Su protagonista —puro músculo y sentimientos, como él mismo llega a definirse— sufre la hipocresía reinante. Reflexiona, no sin mostrarse resentido: "Cuando necesitó que lo invitasen, nadie lo hacía, y ahora, que se hallaba en situación de pagar cien mil comidas o cenas y ya no tenía apetito, todo el mundo lo invitaba con el mayor interés". Su propia amada, Ruth, que en un principio lo cambió por otro hombre de mayor alcurnia, ahora lo busca para decirle que lo ama. Martín Edén le responde: "¿Y por qué no te atreviste antes? ¿Por qué no lo hacías cuando me moría de hambre? Ya entonces era el mismo de ahora, tanto en mi condición de hombre como de artista". Triste, decepcionado, decide dejarlo todo atrás y partir a los Mares del Sur a bordo de un barco de nombre *La Mariposa.* Durante el viaje, lo embargan el desasosiego y la depresión. "Cuando *La Mariposa* llegó a la zona en que reinaban las aguas ecuatoriales, Martín se sintió más desgraciado que nunca." "La vida le dolía", afirma de manera contundente. No tiene ilusiones ni esperanzas. Decide terminar con su vida. Lo hace aventándose al mar, para ser tragado por la inmensidad del océano.

El final no me gusta, me parece demasiado repentino y facilón, si bien, a favor de Jack London, cabe señalar que está diseñado conforme a cierta estética romántica y naturalista muy acorde con la época: el héroe que sucumbe ante el peso de un mundo que no se encuentra a su altura. Martín Edén se deja hundir para entrar al Valle de las Sombras, como le llama. Jack London lo escribe así: "La muerte no duele. Es la vida la que da aquella sensación horrible de asfixia; era el último golpe que podría asestarle cruelmente". Las palabras que dan término al libro son más que elocuentes: "Había caído en un lugar donde sólo reinaban las tinieblas. Y, en el mismo instante que lo notó, dejó de darse cuenta de todo".

En el camino, como hobo

En 1894, London decide unirse a una marcha singular: la del Ejército Industrial de Kelly. Se trata de un grupo de hombres desarrapados, desheredados de la tierra, faltos de dinero y de oportunidades de trabajo, que de los cuatro puntos cardinales se dirigieron a Washington DC, para protestar sobre sus condiciones de vida. Estaban a las órdenes del general Jacob S. Coxey, quien exigía al gobierno la emisión de cinco millones de dólares para la construcción de caminos y así aliviar la situación laboral de miles de obreros que padecían los estragos de la fuerte depresión económica que en esos momentos asolaba a Estados Unidos. Jack London, que contaba apenas con dieciocho años, llevó un diario en el que dio cuenta de esa odisea. Todo empezó el 6 de abril de ese año. Se subió al techo de un vagón de ferrocarril y viajó como polizonte. Era un trayecto peligroso y lleno de incomodidades. El 9 de abril escribe: "El sol ha pelado tanto la piel de mi cara que parece haber sido quemada con fuego". Ese mismo día una chispa incendió su abrigo. El 12 se encuentra camino a Peko y los guardias ferroviarios intentan apresarlo. "El encargado de los frenos nos persiguió como un sabueso." Cambia constantemente de trenes, cuidando no caer y ser mutilado o partido en dos por las pesadas ruedas. El 17 de abril está en Laramie. Hay nieve y hace mucho frío. "Mis pies estaban tan helados que me tomó media hora de una caminata enérgica para restaurar la circulación." El diario está lleno de anotaciones técnicas, como la dirección, la velocidad, la distancia, en un lenguaje más telegráfico que verdaderamente descriptivo. Termina el jueves 31 de mayo. London llega a Chicago y decide desertar del Ejército Industrial. Ha sufrido frío y hambre. Se dirige a Saint Joseph, Michigan, para encontrarse con su tía Mary, quien "me dio una muy cordial bienvenida".[7]

Este diario y otros escritos relativos a su vida como vagabundo están reunidos en un libro poco conocido: *Jack London: On the Road* (2002). Ahí da cuenta de su época de hobo, una de las más pobres y desesperadas de su vida. *Hobo* tiene las mismas raíces de *oboe*, y si bien no queda clara la relación entre un instrumento musical y una clasificación social, hacía alusión a quienes recorrían los caminos de polvo y de hierro de Norteamérica. No eran precisamente unos buenos para nada, sino unas víctimas del desempleo y de la noción de aventura. Para ellos, la diferencia entre un simple vagabundo y un hobo es que el primero no está dispuesto a trabajar y el segundo, sí. Eran trabajadores

---

7 El apellido de Mary es Everhard. Tuvo un hijo llamado Ernest Everhard, del que tomará su nombre el protagonista de *El talón de hierro*.

eventuales, que lo mismo construían cercas que levantaban la cosecha u ordeñaban vacas. Aun así, eran perseguidos y discriminados. Jack London, en un texto denominado "Color local", da cuenta de la ocasión en que un vago muy culto fue enviado por sesenta días al "Hobo", el nombre dado por un juez a "ese particular sitio de detención en cárceles a donde son enviados los haraganes, los pordioseros y los borrachos, así como toda la crema y nata de vulgares malhechores". El propio London había sido arrestado en Washington DC por caminar encima de los prados y en Niagara Falls bajo el cargo de vagancia. Treinta días pasó esta última vez en la Penitenciaría de Erie. Lo raparon, le cortaron el bigote, lo vistieron de presidiario, lo vacunaron sin su consentimiento y lo obligaron a picar piedra mientras era vigilado por guardias armados con *winchesters*.

El socialista y el buscador de oro

Su experiencia como hobo y como obrero lo llevaron a tener una visión radical y progresista de la sociedad. Por más que él y otros obreros dedicaran su vida a trabajar de sol a sol, este esfuerzo no daba frutos; al contrario, lejos de progresar, parecían hallarse en el fondo de un abismo injusto e implacable. Escribió en su autobiografía: "Me parecían los trabajadores como víctimas del matadero, hundidos en las profundidades de la charca social, y me prometí no volver a exponer el cuerpo ni un solo día a los duros esfuerzos del trabajo". Agregó, en otra parte: "Que Dios me fulmine si vuelvo a trabajar así de duro". Se dedica a escribir, igual que lo hace Martín Edén. También empieza a leer a Nietzsche, a Spencer, a Marx. Abandona su muy natural inclinación por el individualismo y abraza las ideas propias del socialismo. En su texto "Cómo me convertí en socialista", London da cuenta de esta metamorfosis. No es un marxista verdaderamente teórico, sino práctico. Afirma: "Ningún argumento económico, ninguna demostración lógica de lo inevitable del socialismo, me afecta tan profunda y convincentemente como me afectó el día en que vislumbré los muros del abismo social alzarse a mi alrededor y sentí deslizarme cada vez más abajo, hasta el desastre de sus profundidades".[8]

En 1896 ingresó al Socialist Labor Party. Se le empezó a conocer como "el Chico Socialista". Se sentía orgulloso de su pertenencia al proletariado. Declaró, en una entrevista: "Es el lado proletario de mi vida el que más reverencio y al que me aferraré mientras viva". Condenó al capitalismo y a las oligarquías burguesas y totalitarias en varios de sus libros.

En 1903 publicó *La gente del abismo*, una especie de crónica-ensayo acerca de sus vivencias entre los marginados de los barrios bajos de Londres. Fue un libro muy apreciado por London. "Ningún otro se llevó tanto de mi corazón juvenil y de mis lágrimas como este estudio de la degradación económica de los pobres." Otro de sus mejores libros es *El talón de hierro* (1907), novela de anticipación sobre el levantamiento obrero de la Comuna de Chicago y de San Francisco en contra de la oligarquía imperante. El protagonista, Ernesto Everhard, atestiguará la rebelión obrera y su aplastamiento por parte de los ejércitos burgueses. London fue acusado, por sus correligionarios de izquierda, de ofrecer una visión pesimista del futuro del socialismo y de la humanidad. Trotsky, en 1937, lo defendió: "¡No hay por qué arriesgarse a hablar de pesimismo del artista! No, London es un optimista, pero un optimista de mirada aguda y perspicaz. 'He aquí en qué abismo la burguesía nos va a precipitar si no la vencéis', tal es su pensamiento". Para él, London se había adelantado a su tiempo, mostrándonos el surgimiento de "la burocracia y la aristocracia obrera", gracias a la cual "la plutocracia logrará aplastar el levantamiento de los obreros y mantener su dictadura de hierro en los tres siglos venideros". Lenin también lo leyó. De hecho, se dice que en su lecho de muerte, su compañera Krupskaia le leyó uno de sus cuentos: "Amor a la vida".

---

8 "How I Became a Socialist", en *The Portable Jack London*, p. 461.

Para J. Gutiérrez Álvarez, la noción de Jack London como un escritor de aventuras juveniles ha empequeñecido su verdadera labor como escritor de utopías. "Su escritura —nos dice— cabalga entre dos polos: el realismo y la utopía."[9] Pone como muestra algunas obras poco conocidas: *Aurora espléndida* (1910), *El valle de la luna* (1913), *El buscador de estrellas* (1915) y *La damita de la gran casa* (1916). En todas estas novelas lo utópico se presenta lo mismo en situaciones más cercanas a la realidad que en textos más emparentados con lo espiritual e incluso con la ciencia ficción. Incursionó también en las utopías previas a nuestra civilización (*Antes de Adán*, 1904) y en la desaparición de las sociedades modernas (*La peste escarlata*, 1915). Fue un visionario, un crítico social y un hombre interesado en los ideales de su tiempo. Se dice que "London escribió sobre quién fue (Martín Edén) y sobre quién hubiera querido ser (Ernest Everhard, en *El talón de hierro*)".[10]

Se adelantó incluso al movimiento feminista, al proponer personajes de mujeres que fueran más allá de lo puramente decorativo y se convirtieran en verdaderas protagonistas, fuertes y soberanas, modernas, de sus relatos.[11] Por ejemplo, en *Aventura* (1911), para mi gusto, un libro poco leído, pero que se cuenta entre sus mejores, Juana Lackland compite en osadía, valentía e inteligencia con David Sheldon, en una historia ubicada entre los caníbales de los Mares del Sur. Juana Lackland, escribe London, "es la más femenina y la más masculina de las mujeres". Lleva pistola al cinto, tiene una voz acostumbrada a mandar, es independiente, no le gusta que la hagan menos por su condición femenina y afirma no sentir inclinación por el matrimonio: "He venido a las islas Salomón con la idea de explotar una plantación y no de

---

9 "Utopía y antiutopía en la obra de Jack London", en *Jack London: utopías traicionadas*, Barcelona: Ediciones 29, 1987, p. 10.

10 Juan Rey, "London, soberbio meteoro", en Jack London, *Los vagabundos y otros cuentos*, Madrid: M. E. Editores, 1997, p. 5.

11 Reesman y Stasz han notado cómo London fue modificando su escritura, de una tendencia virilmente narrativa hacia una tendencia femeninamente narrativa". *Cit.* en *The Portable Jack London*, p. XVIII.

encontrar marido". En otra parte dice: "[Busco] un sitio donde me vea libre de la indignidad de ser mandada y dirigida por el sexo fuerte".[12]

Firmaba sus cartas con la divisa: "Tuyo, por la Revolución". En 1901 llegó incluso a postularse como candidato a alcalde de Oakland por el Partido Socialista. Perdió. Obtuvo apenas 246 votos, una cantidad mínima en comparación con los recibidos por su competidor: 2 548.

Más que un socialista, sin embargo, fue un humanista.[13] Al igual que Marx y Rimbaud, quiso transformar el mundo y cambiar la vida. Como London mismo lo dijo: "El amor, el socialismo y las personas del pueblo fueron las cosas que me curaron y me salvaron".

Hay algo de utópico incluso en *El llamado de la selva* (1903), la más conocida de sus novelas. La traducción del título es cuestionable. Se trata del llamado de lo salvaje (o del bosque, dado que se sitúa entre las coníferas del norte de América), más que de la selva. Su historia, protagonizada por un perro esquimal de nombre Buck, ha sido la más favorecida por los lectores, en virtud de sus dotes narrativas, su gran fuerza descriptiva y su poder de fascinación hacia la aventura en una atmósfera tan inhóspita como la del Círculo Polar Ártico. Se trata, asimismo, de una metáfora de la encarnizada lucha por sobrevivir a pesar de los peligros impuestos por la naturaleza y las restricciones establecidas por la civilización. Para Javier Escobar Izasa, son cuatro los grandes temas que recorren *El llamado de la selva*: la fuerza vital, es decir la presencia indómita de la vida, que busca abrirse paso pese a todo; la carga social, que nos aleja de lo primitivo, de lo animal; la oposición entre lo civilizado y lo salvaje, entre el ser domado y el ser

---

12 Jack London, *Aventura*, México: Ediciones Roca, 1980, pp. 47, 49 y 65.

13 En 1896, Jack London pensaba que "comunistas, nacionalistas, colectivistas, idealistas, utópicos... Todos son socialistas y, por otro lado, no se puede decir que el socialismo sea ninguno de ellos, sino todos". En una declaración al *San Funcisco Chronicle* opinó: "Cualquier persona que luche por conseguir otra forma de gobierno superior a la que tiene es socialista". *Cit.* por Alex Kershaw, *op. cit.*, pp. 65-66.

libre; y la búsqueda del oro como catalizador del enfrentamiento entre la naturaleza y la sociedad.[14]

El propio viaje de London al Klondike tiene mucho de utópico: dejar atrás y para siempre las penurias de una vida de trabajo, para convertirse en millonario de un día para otro, en virtud del golpe de suerte de encontrar oro. Se embarcó el 25 de julio de 1897 en el *Umantilla* con rumbo a Juneau. Atravesó el muy temido Paso Chilkoot, con sus altas paredes de nieve y sus peligrosos despeñaderos repletos de huesos de caballos. Cruzó el lago Linderman en una balsa construida por él mismo, con la que también afrontó los rápidos del Fifty Mile River. Remontó el impetuoso y enorme Yukón, también conocido como el Nilo de Alaska, hasta que la llegada del invierno y de los grandes hielos interrumpieron el viaje. London tuvo que refugiarse en una cabaña de troncos que había servido como tienda de pieles. Así transcurrieron dos meses, donde conoció al Silencio Blanco, como denominó a esa monótona soledad de nieve que le pareció "sencillamente despiadada". En la primavera volvió a remontar el Yukón hasta encontrarse con Dawson City, un improvisado pueblo de tahúres, mineros, prostitutas (entre ellas, una famosa bailarina: Freda Maloof) y El Dorado Kings, como se les denominaba a quienes habían encontrado oro y lo despilfarraban en burdeles, borracheras y juegos de naipes. London contrajo escorbuto. Los dientes estaban siempre a punto de caérsele. Sólo los cuidados de un religioso, el reverendo William Judge, le restablecieron la salud. Por fin, el 8 de junio de 1898, decide emprender el camino de regreso a casa. El trayecto fue hecho en veintiún días de marchas forzadas. En un territorio denominado La Llanura, él y sus compañeros fueron atacados por voraces enjambres de mosquitos. Arribó a Nuklukyeto, un poblado indígena, y a Anvik, donde reapareció el escorbuto. "Le salvó la vida un desconocido que le dio una lata de tomates y unas patatas crudas, productos que a estas alturas valían para Jack más que un filón

---

14 Javier Escobar Izasa, "Los ciclos de la vida y la crítica. Reflexiones sobre Jack London", en *La llamada de la selva,* Bogotá: Norma, 1990, pp. 19-28.

de oro".[15] Llegó a la desembocadura. Se contrató como fogonero en un barco con rumbo a Vancouver y de ahí emprendió el regreso a San Francisco como polizonte en trenes de carga.

En el Klondike, dijo, "aprendí a conocerme". Se supo capaz de afrontar cualquier riesgo y cualquier obstáculo. Regresó más pobre que antes (con el equivalente a cuatro dólares de polvo de oro), pero decidido a abrirse paso en la vida y, sobre todo, a triunfar como escritor. Tal vez no había encontrado la veta madre o pepitas áureas del tamaño de un puño, pero sí decenas de aventuras que nutrieron su universo literario. Entre las más famosas de sus obras basadas en su recorrido por Alaska se encuentran "Una odisea nórdica", "El silencio blanco" (con el muy entrañable Malemute Kid), "El hombre en el sendero", "The Scorn of Women" (donde la protagonista está inspirada en la bailarina Freda Maloof) y, por supuesto, *El llamado de la selva y Colmillo blanco.*

La nueva mujer: maravillosa, amoral y rebosante de vida

London contrajo nupcias el 7 de abril de 1900 con Bessie Madern, una irlandesa que "cuando sonreía, era más bonita que nunca". Se dice que el primer ejemplar de *El hijo del lobo*, el libro con que inicia su carrera literaria, lo recibió el mismo día de la boda. Su suerte como escritor comenzaba a cambiar. La revista *McClure*, de Nueva York, le propone publicar todo lo que escriba. La editorial Houghton Mifflin da a conocer su libro *La hija de las nieves*, publicado en 1902. MacMillan también se interesa en él. Escribe *Los niños del hielo* y *El crucero del Dazzler*. Es un Martín Edén exitoso y pleno de vitalidad. De marinero y buscador de oro a escritor reconocido, en menos de tres años. En 1903, cuando publica *El llamado de la selva*, su estatura se eleva hasta ser comparada con la de Rudyard Kipling. Se tardó únicamente cinco semanas en escribir este libro, la historia de un perro llamado Buck —mitad san Bernardo y mitad pastor escocés— y sus aventuras en el

15 Alex Kershaw, *op. cit.*, p. 97.

Ártico. De llevar una vida plácida y domesticada, Buck se ve obligado a seguir su instinto animal para sobrevivir en medio de un mundo hostil, donde lo mismo es maltratado por la naturaleza que por los seres humanos. Termina convertido en líder de una manada de lobos, en una metáfora más de lo primitivo y de la libertad que de lo sanguinario y lo salvaje. El libro lo inició el 1 de diciembre de 1902. El propio London no se sentía muy satisfecho con el título. De hecho, en una carta a su editor, George Brett, asegura que tenía en mente otra propuesta: *El lobo dormido*, y que le habían sugerido otra posibilidad, la de, simplemente, *El lobo*.[16] El título original se mantuvo, pero, a partir de ese momento, a London le gustó ser llamado precisamente con ese apodo: El Lobo.[17] Era un lobo de mar, un lobo que, al igual que Buck, entonaba la canción de la manada en el Silencio Blanco, un lobo con la literatura y un lobo con las mujeres. En diciembre de 1899 conoció a Anna Strunsky, una judía de corte intelectual con la que tuvo una relación primero platónica y luego amorosa. Ella describía a London como "un chico de enormes ojos azules enmarcados por negras pestañas [...] Sus cejas, su nariz, el perfil de sus mejillas, el cuello de toro, eran griegos. Su cuerpo transmitía la impresión de la elegancia y la fuerza de un atleta". Juntos escribieron *The Kempton-Wace Letters* (1903), una serie de cartas escritas alternadamente por un economista lógico y racional (Wace) y una amiga idealista y romántica (Kempton). London estaba en busca de un tipo de mujer diferente, que representara muy bien las ideas sociales de su tiempo. Una "compañera maravillosa, amoral y rebosante de vida", como la describió en una de las epístolas escritas en colaboración con Strunsky. Esa mujer no había sido Mabel Applegarth, su amor juvenil ("la naturaleza más profunda de su alma, un vacío sonoro", llegó a decir); tampoco Bess (a quien considera "microscópica") ni la propia Anna (demasiado intelectual). A principios de 1900 conocería a Charmian Kittredge, huérfana y defensora del voto femenino, con ideas muy libe-

---

16 Jack London, "Carta a George Brett", 10 de marzo de 1903, en *The Portable Jack London*, p. 533.

17 "Bendito lobo", lo llamaba George Sterling, su mejor amigo.

rales acerca del sexo y de los hombres. Richard O'Connor la describe así: "Parecía más una camarera de comedia que una sirena". Su parloteo era constante: "Hablaba a una velocidad máxima, ametrallando con sus opiniones sobre todo lo habido y por haber, con un atolondramiento soberbio". A London le fascinó. Ella boxeaba, hacía esgrima y montaba a caballo. Además, no era una mojigata sexual. "Estamos hechos el uno para el otro", le escribió London. "Tú satisfaces todas mis facetas. He conocido a tantas que tenían esto, lo otro o lo de más allá, pero ninguna lo tenía todo. Aquí fallaban y allá volvían a fallar, exactamente en donde tú aciertas y vuelves a acertar."[18] Su relación creció a tal grado, que tuvo que verse obligado a divorciarse. Fue un divorcio amargo y doloroso. Su esposa lo acusó de haberle pegado la gonorrea. Incluso se tornó oscuramente confuso: Bess creyó que su rival era Anna Strunsky y le atribuyó públicamente el hecho de haber destruido su matrimonio.

A bordo del *Snark*

Jack dejó atrás su matrimonio y dos hijas: Joan, quien nació el 15 de enero de 1901, y Becky, el 20 de octubre de 1902. Joan llegó a escribir un libro de memorias donde hacía notar la supuesta homosexualidad latente de su padre y donde Charmian no salía muy bien parada por su carácter de señora disfrazada de niña atolondrada. Fue un padre ausente, pero no falto de amorosidad.[19] En una carta a Becky, del 28 de octubre de 1908 desde las Islas Salomón, le manda unos aretes, le reitera la importancia de vivir plenamente su niñez ("de niño no pude comprarme dulces y de adulto los dientes me dolían demasiado para

18 *Cit.* por Kershaw, *op. cit.*, p. 168.

19 En una carta a Joan, fechada el 24 de febrero de 1914, le dice: "Siempre me ha encantado ser padre. Me ha gustado más que el amor de una mujer. He sido celoso de mi simiente y nunca la he desparramado caprichosamente".

hacerlo") y le dice que algún día escribirá una novela con su nombre como protagonista, al igual que en ese momento lo hacía con el de su hermana (se refiere a Joana Lackland, la heroína de *Aventura*).[20] El divorcio tampoco fue fácil para Jack London. "Deambulo por la vida hiriendo a todos los que me conocen [...] la mujer siempre paga", le escribió a Anna Strunsky. Doloroso o no, prosiguió con su vida. La bohemia le atraía. Se juntaba con un grupo de amigos denominado The Crew (el equipo, la tripulación, la muchedumbre, según algunas traducciones), compuesto por poetas como Joaquin Miller, el fotógrafo Arnold Genthe y el pintor Xavier Martínez, con los que se emborrachaba y discutía de política y de arte. Cubrió, en 1904, para los periódicos de William Randolph Hearst, la guerra ruso-japonesa en Manchuria. Quiso ganar la primicia a los demás corresponsales, se adentró de manera clandestina en el territorio en conflicto y por poco es fusilado, acusado de espía y de golpear a un ciudadano japonés. Sólo la intervención directa de Theodore Roosevelt pudo salvarlo. A su regreso a San Francisco escribió *El juego*, sobre el mundo del boxeo, y *El lobo marino*, una muy efectiva y romántica novela con el temible y déspota capitán Larsen como protagonista. Como dato curioso, esta obra fue llevada al cine por el director Hobart Bosworth, en lo que se constituyó como el primer largometraje rodado en Estados Unidos. London mismo asistió al estreno de esta película, llevado a cabo el 5 de octubre de 1913 en el Grauman's Imperial Theatre de San Francisco. El capitán Larsen fue interpretado por Bosworth, en tanto que London actuó como extra, como uno más de los marineros del *Ghost*. Bosworth, quien era conocido como "el decano de Hollywood", también filmó otras obras, como *Martín Edén*, *Una odisea en el norte* y *El valle de la luna*.[21]

---

20 "Carta a Becky", 28 de octubre de 1908, en *The Portable Jack London*, pp. 543-544.

21 Existe una entretenida novela que ficcionaliza la forma como Bosworth fue a buscar a London hasta los mismísimos Mares del Sur, para pedirle su colaboración en su proyecto fílmico. La novela se titula *Jack London en el paraíso* (2009) y su autor es Paul Malmont.

Para 1906, Jack London es una celebridad. Se da el lujo de comprar una propiedad de ciento treinta acres en Glen Ellen, California. Pero así como gana dinero, así lo gasta. Escribe *Colmillo blanco* para salir de sus apuros económicos. Es *El llamado de la selva*, pero al revés. El protagonista es un lobo que de salvaje se transforma en una especie de perro domesticado. El libro es un éxito, pero su autor se muestra insatisfecho. Está cansado de los reporteros, que no dejan de meter las narices en su vida privada ("el apóstol socialista de la inmoralidad", lo llamaron tras su divorcio), y de los críticos, que no comparten el aplauso generoso del público ante cada nuevo libro suyo. Su espíritu aventurero vuelve a llamarlo. Lee *Navegando a solas alrededor del mundo*, de Joshua Slocum, y se le mete la idea de recorrer los Mares del Sur. No sólo eso, de hacerlo en su propio barco. Inicia la construcción del *Snark*.[22] Dio conferencias sobre socialismo para sustentar los gastos. También escribió *El talón de hierro*, que fue un fracaso de ventas, y *Antes de Adán* (1907), la historia de un muchacho en la época prehistórica. Muchas de sus obras fueron escritas así, a gran velocidad, para ganar dinero. De ahí sus altibajos literarios, los destellos de genio y la fragilidad de sus páginas mercenarias.[23] El *Snark* costó treinta mil dólares, una cantidad importante para la época. Por fin, tras muchas demoras, producto ya sea de desastres naturales —el gran terremoto que asoló San Francisco en 1906— o de errores humanos —mala elección en los materiales y un

22 El nombre del barco está tomado de un poema de Lewis Carroll: "The Hunting of the Snark". Escrito en 1874, se trata de un texto donde predomina el absurdo y el sinsentido acerca de la caza del Snark, una extraña e improbable criatura.

23 Como afirma J. M. Servín: "London poseía el don de describir incidentes aislados y brutales. El mundo es un lugar de sufrimiento donde se lucha contra el destino. London se confesó como un pesimista, no obstante su éxito y enorme fortuna. Desconfiaba de la humanidad y de su progreso científico y tecnológico. Los editores no quedaron fuera de este juicio: 'No están interesados en la verdad. Es mejor darles lo que quieren, pues el escritor sabe que las cosas en las que cree y ama escribir nunca serán compradas'." En "El centenario de *El talón de hierro*", *Día Siete*, 418, México, p. 18.

choque accidental con otra embarcación—, el *Snark* izó velas el 23 de abril de 1907, con rumbo a Hawaii.

Charmian Kittredge acompañó a London en este viaje. Fue un trayecto hermoso, pero accidentado, por la impericia de sus tripulantes y el mal estado de la embarcación. De Hawaii enfilaron a las Islas Marquesas y de ahí, el 18 de diciembre de 1907, a Haití. Visitó la tumba de Robert Louis Stevenson en Apia, Samoa Occidental. Durante el trayecto, escribió *Martín Edén*, su obra más autobiográfica. También, en su recorrido por las Islas Salomón, se dio a la tarea de confeccionar uno de sus mejores libros: *Cuentos de los Mares del Sur*. Se enfrentó a caníbales y reductores de cabezas (adquirió "un clítoris seco, con accesorios incluidos, atado a una cuerda como adorno de oreja"[24]). Conoció a misioneros, colonizadores, capitanes de barcos negreros. Arribó al Mar de Koro y sus islas de la muerte, conocidas así por la crueldad y espíritu sanguinario de sus habitantes. Para septiembre de 1908, la tripulación había caído víctima de enfermedades tropicales. London mismo tenía hinchados los tobillos debido a los piquetes de insectos. Algunos de los tripulantes, incluida Charmian, contrajeron la malaria. Otros fueron desertando, debido a los peligros e incomodidades propias del viaje. London llegó a bromear: escribiría un libro titulado *Alrededor del mundo en el buque hospital* Snark. Para el 19 de septiembre, sus manos se hincharon horriblemente y la piel del rostro y del cuerpo se le empezó a desprender en tiras. En Pendruffyn, a finales de octubre, sus dolencias eran tantas, que decidió dar por terminada la aventura. Se embarcaron en el *Makambo* con rumbo a Australia, donde fueron atendidos debidamente por médicos especialistas. El 8 de abril de 1909 subieron a bordo del *Tymeric* con rumbo a Sudamérica ("hace un mes que no pruebo un trago, pero creo que en Guayaquil sí que saben preparar un martini seco") y posteriormente, vía Panamá, hasta Nueva Orleans. El *Snark* fue malbaratado en tres mil dólares. Terminó sus días como barco negrero en la Melanesia.

---

24 En "Carta a George y Carrie Sterling", 2 de mayo de 1909, en Alex Kershaw, *op. cit.*, p. 257.

El mexicano: que viva Victoriano Huerta

En los Mares del Sur, London llegó a modificar algunos de sus conceptos raciales. Creía que el hombre blanco debía dominar a los demás. Fue un darwinista, fervoroso creyente de que los anglosajones se encontraban en la cúspide de la evolución. Leyó a Nietzsche y malinterpretó su concepto de "rubias bestias" en aras de una supremacía de raza, pues los blancos, para él, representaban al superhombre nietzscheano. Tras su viaje en el *Snark*, sin embargo, y las penosas enfermedades que sufrió, se dio cuenta de que el negro estaba mejor preparado que el blanco en aquellas latitudes. También, que la colonización dejaba mucho que desear en cuanto a sus métodos y a los hombres que los ponían en práctica. Escribió acerca del "inevitable hombre blanco" en términos muy críticos, debido a su duro espíritu colonial de maltrato y explotación hacia los nativos. En uno de sus mejores cuentos hizo hablar así a Koolau, el leproso hawaiano: "¿No es extraño? La tierra era nuestra y he aquí que ya no lo es. ¿Qué nos han dado por la tierra estos predicadores de la palabra de Dios y del ron? ¿Ha recibido alguno de ustedes un dólar, siquiera un dólar, por la tierra? Ahora es de ellos y, a cambio, nos dicen que podemos ir a trabajarla, su tierra, y que lo que producimos con nuestro duro trabajo será suyo".[25] A su regreso a San Francisco, sin embargo, volvió a sus antiguas ideas. Llegó a promover las bondades de la eugenesia, lo mismo aplicada a los animales de crianza que a los seres humanos. Este espíritu contradictorio entre un modo de pensar y otro formó parte de su vida.[26] Fue un acérrimo indivi-

---

25 "Koolau el leproso", en *Cuentos de los Mares del Sur*, España: Unidad Editorial, 2000, p. 68.

26 El propio London estaba consciente de su imagen contradictoria. En una carta a Charmian, escrita en el verano de 1903, se quejaba de la forma simplista en que lo veía la gente. Para los demás era "un tipo basto, salvaje, te dirán, a quien le agrada el boxeo y la brutalidad; alguien que tiene cierta habilidad con la pluma y las nociones de arte de un charlatán; alguien con las inevitables carencias de un autodidacta sin preparación ni refinamiento, lo cual trata de ocultar con apreciable éxito tras una actitud de aspereza e informalidad. ¿Debo esforzarme por desmentirlo? Es mucho más fácil dejarlos en paz con sus convicciones...".

dualista metido a ardiente defensor del socialismo. Se opuso al fascismo —lo previó muy exactamente en *El talón de hierro*— y, sin embargo, al decir de George Orwell, tenía una "vena fascista o, en cualquier caso, un marcado rasgo de brutalidad y una casi insuperable preferencia por los fuertes contra los débiles".[27] Criticó al capitalismo y su desdén a los pobres, pero él mismo dilapidó su fortuna en haciendas ganaderas, en mansiones lujosas, en proyectos de aventura que no conducían a ningún tipo de beneficio o retribución social. Fue un macho sin par y, a la vez, un feminista convencido. Defendió la invasión norteamericana de 1914 a Veracruz, incapaz de percibir —desde su pretendido socialismo, tal y como lo acusó John Kenneth Turner— el obvio afán imperialista y los intereses petroleros detrás de esta nueva incursión gringa en territorio mexicano. Defendió a los esforzados *marines*[28] y se refirió despectivamente a los "mestizos" locales.[29] Se puso del lado de los revolucionarios mexicanos, pero se equivocó al ver en Victoriano Huerta al salvador de la patria.

---

27 *Cit.* por Alex Kershaw, *op. cit.*, p. 204.

28 London, motivado por su ímpetu socialista, llegó a criticar duramente a la milicia. Escribió, en la *International Socialist Review*, en octubre de 1913: "Jóvenes, a lo más bajo que pueden aspirar en la vida es a ser soldados. [...] Nunca piensa, nunca razona, sólo obedece. [...] El buen soldado es una máquina, ciega, sin corazón, desalmada, asesina. [...] Mueran el ejército y la marina. No necesitamos instituciones que maten. Necesitamos instituciones que den vida". Por supuesto, esto lo olvidó al celebrar las hazañas de los *marines* norteamericanos.

29 Su racismo —una de las partes más cuestionables de su comportamiento— se hizo patente en contra de los mestizos, judíos, japoneses y negros. Uno de sus grandes enojos consistió en perder cuatro mil dólares que había apostado en la pelea en la que el boxeador negro Jack Johnson noqueó al blanco Jim Jeffries, en junio de 1910.

Ladrón de gallinas y revolucionario

La historia de Jack London en México comienza en febrero de 1911. Se le atribuyó haber estado entre quienes tomaron Mexicali, arrebatándosela a las tropas federales. Ese mismo mes, el día 5, se leyó un texto dirigido a sus compañeros socialistas de Los Ángeles, en el que expresaba su simpatía por el levantamiento en armas en contra de Porfirio Díaz.

Lo traduzco y reproduzco a continuación:

> Queridos y valientes camaradas de la Revolución Mexicana:
>
> Nosotros, los socialistas, los hobos, los ladrones de gallinas, los forajidos y los ciudadanos indeseables de Estados Unidos estamos con ustedes de alma y corazón en sus esfuerzos por despojar a México de la esclavitud y la pobreza. Los han llamado de muchas formas, al igual que nos han llamado a nosotros. Y cuando los corruptos y los codiciosos empiezan a llamarnos de cierta manera, los hombres honestos, los hombres valientes, los hombres patriotas y los mártires, no pueden esperar otra cosa que ser llamados *ladrones de gallinas* y *forajidos*.
>
> Que así sea. Pero deseo que haya más ladrones de gallinas y forajidos de la clase que tan valientemente tomó Mexicali, de la clase que heroicamente aguanta los calabozos de Porfirio Díaz, de la clase que hoy en día lucha y se sacrifica en México.
>
> Yo mismo me sitúo como un ladrón de gallinas y un revolucionario.[30]

Ese mismo año escribió *El mexicano*, su novela breve sobre la Revolución Mexicana. Fue publicada por vez primera en el *Saturday Evening Post*, el 19 de agosto de 1911. Trata acerca de la manera como el muchacho Felipe Rivera consigue dinero mediante sus puños para comprar armas para la causa revolucionaria. Es una obra desigual. Si acaso, es posible rescatar las escenas de boxeo y la simpatía de London hacia los revolucionarios. Es de notar que Rivera, el *greaser* mexicano, derrota a Danny Ward, el arrogante gringo.

---

30 En *The Portable Jack London*, pp. 548-549.

Sorprende el final de esta novela, pues London no tardó en modificar su simpatía hacia la Revolución. En 1914, enviado como corresponsal de guerra a Veracruz, se dedicó a mostrar un lado muy patriotero en los artículos que envió a la revista *Colliers*. Le pagaban mil dólares a la semana, lo que acaso explique su evidente cambio de ideología. Hizo suya la consigna de entrar por las armas hasta la ciudad de México cuando, en 1911, había apoyado la lucha revolucionaria y había simpatizado con Ricardo Flores Magón y su idea de formar la República Socialista de Baja California. Tachó de bandidos y simples saqueadores a los revolucionarios. Defendió a Victoriano Huerta llamándolo "Huerta es la flor del indio mexicano. Huerta es valiente. Huerta es magistral", si bien se unió a la protesta por el arresto de un pagador de la armada norteamericana, suceso que motivó la invasión a Veracruz. Consideró a Villa como un simple aventurero y a Zapata como un hombre con mentalidad de niño, "incapaz de gobernar". Vio, en la invasión norteamericana una magnífica oportunidad para que la raza blanca se impusiera sobre los "cruzados", como despectivamente llamó a los mestizos mexicanos. Para él, como lo dice Richard O'Connor, Estados Unidos era "el hermano mayor" y su deber era "vigilar, organizar y administrar México".[31] Su propia hija Joan lo criticó por su miopía social. Consideró sus artículos en *Colliers* como "trágica traición [...] puesto que había sido comprado en cuerpo y alma por el tipo de vida que creía que deseaba y que lo estaba destruyendo [...] Una casi se siente tentada a pensar que fueron escritos por otra persona y firmados con su nombre".

Jack London se limitó a visitar brevemente Tampico ("vamos a ver a lo que huele el petróleo", dijo) y a jugar cartas, a beber y a curarse de la disentería en Veracruz. Robert Dunn, reportero del *New York Post*, lo encontró demacrado, enjuto y amarillento. "Parecía que su verdadero interés consistía en beber", como señala su biógrafo Richard O'Connor. "Dunn recordaba años más tarde la mirada 'tristona de media mañana' del bebedor consuetudinario, que espera que

31 *Idem*, pp. 428-429.

alguien se le una en la barra".[32] Otra contradicción: desde sus días en las lavanderías y en las enlatadoras bebía en fuertes cantidades, lo mismo para paliar el cansancio físico que para aliviar a sus demonios literarios. En 1913 publicó, sin embargo, *John Barleycorn*,[33] un panfleto autobiográfico y antialcohólico, en el que renegaba de su pasado entregado a la bebida. El libro fue un éxito, en una época caracterizada por su puritanismo y que preveía los años de la Prohibición. Cauto, estigmatizó los daños causados por el alcohol, pero aseguró que no dejaría del todo la bebida: "Beberé, aunque, ¡oh!, con más habilidad, con más discreción". No era cierto. Como bien lo hizo notar Upton Sinclair, no importaba si Jack London tenía todo para ser feliz, "para él lo único importante es una botella. Ni siquiera una botella: ¡sólo un trago!".

El encuentro con la desnarigada

Al final de su vida Jack London sufrió el incendio de su mansión en Glen Ellen, conocida como La Casa del Lobo. Su hija Joy, que tuvo con Charmian Kittredge, murió al nacer, el 19 de junio de 1910. Le pagó a Sinclair Lewis[34] —quien años más adelante, en 1930, se convertiría en el primer Premio Nobel norteamericano— por líneas argumentales para novelas y cuentos. Se distanció y reconcilió con sus hijas, a quienes consideraba "unos potros mal adiestrados", por haberse puesto del lado

---

32 *Idem*, p. 425.

33 El título hace referencia a las bebidas fermentadas con base en la cebada *(barley)* y el maíz *(corn)*. Una posible traducción sería: "Juanito Borracho".

34 Para el 4 de octubre de 1910, London le había pagado un total de 52.50 dólares a Sinclair Lewis por el esbozo de las tramas de más de diez textos, entre ellos "Thou Shall not Kill" y "The Dress Suit Pugilist". Hay quien ha visto en estos pagos un reflejo de la sequía literaria de London y hay quien lo ha considerado una muestra de su afán por ayudar económicamente a escritores emergentes. A este propósito, Sinclair Lewis agradeció en una carta el apoyo de London, porque de esta manera podía dedicarse libremente a escribir su propia obra.

de su madre. "¿No tienes ningún estímulo intelectual, ningún aguijón mental, ningún latido en el corazón, que te impulse a conocer a tu papá?", le preguntó a Joan. Su novia de juventud, Mabel Applegarth, murió de tuberculosis a los cuarenta y un años. Se carteó con Joseph Conrad ("un auténtico hermano en las letras", lo llamó éste). Le dio su nombre a una marca de cigarrillos. Viajó de nueva cuenta a Hawaii, donde escribió dos nuevos libros con perros como protagonistas: *Jerry de las islas* y *Michael, hermano de Jerry*, que se publicarían de manera póstuma. Leyó a Freud y prefirió a Jung. Renunció el 7 de marzo de 1916 al Partido Socialista "por su falta de ardor y de combatividad, y por su pérdida de énfasis respecto a la lucha de clases".

Comenzó a escribir sus memorias, que pensaba titular *Marinero a caballo* (el título que Irving Stone escogió para su propia biografía de Jack London). Planeó un viaje a Noruega. A partir de 1915, su salud empezó a deteriorarse con rapidez. Años y años de duro trabajo, de alcoholismo, de llevar su cuerpo al límite (recuérdese el Klondike y Manchuria), de no alimentarse como era debido, de enfermedades tropicales y de medicamentos sospechosos, hicieron mella en su organismo. Se le detectó una severa infección renal. Evacuaba piedras y pensaba en un epitafio: "¡Fíjense en la polvareda! Cometeré miles de errores, pero fíjense en mi sueño hecho realidad". Lo rondaba la desnarigada, como le denominaba a la muerte. Los dolores eran intensos, insoportables. Upton Sinclair describió así esos momentos: "Desde 1915, Jack se estaba administrando seis veces la prescripción de opio, hyoscyamina y cápsulas de alcanfor. Asimismo, se inyectaba con regularidad atropina y belladona mezcladas con opio y morfina, para estimular los músculos del corazón y la vejiga y para conseguir dormir". El 10 de noviembre de 1916 apenas si tuvo ánimos de ajustarse su sombrero a lo Baden-Powell y sonreír ante las cámaras para un documental de la Gaumont Newsreel Company. El 21 de noviembre, el dolor le era tan insoportable que empezó a tomar calmantes y somníferos. Se dispuso a leer *Around Cape Horn: Maine to California in 1852 by Ship*, de James W. Paige, y se quedó dormido. Ya no despertó. Intentaron reanimarlo, pero fue imposible.

Murió al día siguiente, a las 19:45 horas, víctima de "uremia después de un cólico renal".

Mucho se ha especulado acerca de la posibilidad de un suicidio, antes de una muerte accidental. London se administró una sobredosis de sulfato de morfina y de sulfato de atropina, que resultó letal. ¿Se trató de un accidente o de un hecho premeditado? London tenía buena opinión del suicidio. "El hombre posee una sola libertad, que es la de anticipar el día de su muerte. Creo en el derecho del individuo a cesar de vivir".

En otra parte escribió: "Preferiría convertirme en cenizas antes que en polvo. Preferiría que mi chispa se consumiera en brillante llamarada antes que se asfixiase en podredumbre. Preferiría ser un brillante meteoro, cada uno de mis átomos en magnífico resplandor, que un planeta dormido y permanente".

En su funeral, George Sterling, uno de sus mejores amigos, escribió un elogio que terminaba con las siguientes palabras: "Ahora descansas, bello y fuerte, muerto como el noble león cuando es joven". Su criado, Sekine, le dejó una nota en la bolsa del saco, antes de verlo entrar al horno de cremación: "Tu palabra era plata, tu silencio ahora es oro".

Jack London se encontró con la desnarigada a la temprana edad de cuarenta años.

Leer y vivir a London

"La función propia del hombre es vivir, no existir. No malgastaré mis días tratando de prolongarlos. Aprovecharé mi tiempo", puntualizó Jack London.

Este mismo afán de vida se refleja en los cuentos aquí seleccionados. Hay aventura, sí, paisajes exóticos y lejanos, tormentas de mar y de nieve, pero también una interesante incursión en eso que llaman la *condición humana*. Es en sus cuentos, finalmente, más que en sus obras de largo aliento, donde es posible percibir con más fuerza su don narrativo, su maestría para situar a sus personajes en situaciones extremas y, claro, esa furia por vivir que los caracteriza.

A London hay que leerlo, pero también vivirlo. Que sus historias nos motiven a viajar, a recorrer mundo, a salir de nuestra ciudad y tener aventuras, es uno de los mejores homenajes a este autor, quien siempre quiso ser joven y se negó a envejecer. Para él, la frase definitiva en todo ser humano es "me gusta". Escribió: "Es ese *me gusta* lo que lleva al borracho a beber y al mártir a llevar el cilicio, lo que convierte a un hombre en un libertino y a otro en un ermitaño, lo que hace que uno persiga la fama, otro el oro, otro el amor y otro a Dios. Con frecuencia, la filosofía es el modo en que el hombre se explica su propio *me gusta*". Entendió el arte de la ficción de la siguiente manera: "No soy mentiroso. Sólo exagero la verdad". Dejó una novela inconclusa: *Asesinatos S. L.* (finalizada y publicada décadas más tarde por Robert L. Fish), así como una autobiografía y un texto titulado "Cómo morimos", acerca de la forma como cinco hombres se enfrentan a la cercanía de la muerte. Su último libro, *El peregrino de las estrellas* (1915), es una novela sobre la forma como el alma de un presidiario deja su cuerpo y viaja de regreso a las distintas vidas que ha tenido a lo largo de los siglos para escapar de la tortura. De nueva cuenta tenemos al London que se atreve a experimentar en nuevos temas y estilos, aunque enmarcado en el impulso creador de toda literatura que se precie de serlo. Como bien lo vio Fernando Savater: "*El peregrino de las estrellas* es una ficción imborrable, una ficción imborrable".[35] Es la metáfora misma del escritor, encerrado en su propio cuerpo, tiempo y espacio, pero capaz de trascender estos límites con su imaginación y su talento, con sus dotes de narrador. London conjugó tanto el impulso vital como artístico. Si bien es cierto que su obra es de altibajos, lo es por tratarse de un estupendo escritor que prefirió vivir antes que escribir. Él mismo lo dijo: "Preferiría vencer en una competencia de nado o montar un caballo que quisiera tirarme al

---

35 En "La peregrinación incesante", Fernando Savater, *La infancia recuperada*. Madrid: Taurus, 1976.

piso, antes que escribir la gran novela norteamericana". Aun así, nos brindó narraciones que perduran por su fuerza y belleza literarias.

Esta antología

Las narraciones que componen este volumen son una pequeña muestra del vasto universo literario creado por Jack London. "Pañuelo Amarillo" ("White and Yelow"), sin ser una narración de juventud —para 1905, año en que aparece, su autor se acercaba a la treintena y ya había publicado obras como *El llamado de la selva y El lobo marino*—, sí hace referencia a sus aventuras adolescentes, marcadas por la alternancia entre la piratería y la legalidad. Forma parte de su libro *Cuentos de la patrulla pesquera*, publicado primero por entregas en la revista *Youth's Companion*. La captura del peligroso truhán de origen chino al que hace referencia el título está marcada por la determinación y argucia del joven London, por llevar ante la autoridad a los que infringieran las leyes de pesca en la bahía de San Francisco. Hay quien puede ver un enfrentamiento de índole colonialista entre el bárbaro chino ("de aspecto terrible [...] y la cara picada de viruela") y el noble anglosajón. "Yo no cederé ante un puñado de sucios chinos", como señala el protagonista. Estamos de acuerdo. London tuvo, conforme a los cánones de su tiempo, esos aires de superioridad racial. Pero también se encuentra aquí el clásico enfrentamiento entre el bien y el mal, entre la juventud inocente y la madurez pervertida, entre los miedos propios y la entereza para acallarlos. No es el mejor cuento de este autor, pero sí refleja su temprano interés por las cosas del mar, el aliento vital de aventura que lo persiguió y ese estilo ágil de narrar que lo caracterizaba, mezcla de una enorme facilidad para contar una historia y de su constante afán de producir textos para ganar dinero.

"El silencio blanco" ("The White Silence") , otra de las narraciones incluidas en este libro, alude a ese enorme territorio de nieve y soledad que London encontró durante su experiencia como buscador de oro en el Klondike. Aparece aquí un personaje clásico: el Malemute Kid. Es un hombre adaptado hasta donde es posible a aquellas regiones, que reúne lo mejor del universo anglosajón e indígena norteamericano. En esa vastedad nevada, la muerte aparece a cada momento —el tronco que le cae encima a Mason, por ejemplo— y lo que cuenta es la aptitud de cada quien para la supervivencia. Hay mucho de Nietzsche, por supuesto, en esta visión, pero también de Darwin. Es el ser humano enfrentado a la naturaleza y a su propia naturaleza. Es la violencia animal, expresada tanto en los perros que jalan el trineo como en los seres humanos que los maltratan. Es la vida que crece en el vientre de la esposa indígena de Mason, una vida a la que hay que salvar y perpetuar. Es un relato muy bien estructurado sobre la muerte que llega y la vida que sigue. Asimismo, sobre la soledad del hombre, su fragilidad y, al mismo tiempo, su animalidad y su capacidad para sobreponerse a todos los obstáculos, incluido él mismo.

En "Demasiado oro" ("Too Much Gold), el escenario es el mismo: la helada región del Yukón, aderezado con la ambición de encontrar la forma rápida de hacerse millonario. La famosa fiebre del mineral áureo tiene aquí a dos claros exponentes: Kink Mitchell y Hootchinoo Bill. Se trata, escribe el propio London, de una "narración de desdichas [...] más real de lo que pudiera parecer". Los dos hombres están sujetos a la Escritura del Norte: el más rápido es el que halla el oro y el más fuerte es el que tiene la mejor fogata. Son capaces de todo con tal de obtener lo que ambicionan. Engañan a un inocente sueco, para luego arrepentirse de haberlo hecho.

Los Mares del Sur son el escenario de "El inevitable hombre blanco" ("The Inevitable White Man"). El conflicto entre el capitán Woodward y el tabernero Charles Roberts es el de la visión colonial *versus* una noción más humanista de la expansión europea por la Micronesia y la Melanesia. "Si el hombre blanco se esforzara un poco por entender cómo funciona la mente del hombre negro, se podrían evitar la mayoría de los problemas", asegura Roberts, de mente más abierta y liberal. London, el racista, modificaba algunas de sus concepciones. En el viaje que hace entre 1907 y 1909 a bordo del *Snark* por Hawaii, las Islas Marquesas, Tahití, Fidji, las Islas Salomón, las Nuevas Hébridas y

Australia, su concepto de la superioridad anglosajona se modifica. Está en desacuerdo con la forma como el hombre blanco ha sometido a la fuerza a los nativos, esclavizándolos o despojándolos de sus tierras. Hay una especie de crisis de conciencia que lo lleva a escribir historias donde muestra su simpatía hacia ciertos personajes, como el hawaiano Koolau, y donde da cuenta de la mano dura de los anglosajones. "Colonizar el mundo. Alguien tiene que hacerlo", parece ser la única consigna, no importando los medios para lograrlo. El relato es ambivalente: por un lado, la destreza de Saxtorph para hacerle frente a una horda de salvajes —la historia que cuenta el capitán Woodward—, y, por el otro, la velada certidumbre de que el inevitable hombre blanco es igual o peor de salvaje que los nativos.

En "El Chinago" ("The Chinago"), esta simpatía hacia lo no anglosajón se expresa en la figura de Ah Cho, un oriental acusado de un asesinato. Ha sido llevado a Haití junto con otros quinientos connacionales para trabajar por un sueldo miserable, una especie de "condena por ser frágiles y humanos". Ah Cho es callado y circunspecto. No habla francés, el idioma de quienes lo acusan. No importa que él no haya cometido el asesinato, será llevado a la guillotina, víctima de la parsimonia de su propia cultura y la injusticia y cerrazón de los franceses. Es uno de los mejores cuentos de London, uno donde la condición humana —vulnerable, atroz y dura— encuentra acomodo en una narración donde logra magnificar nuestra estimación por un ser en apariencia insignificante.

En "El pagano" ("The Heathen"), London da una clara muestra de su cambio de vista colonialista y racial, para ofrecernos una atractiva historia de amistad entre un hombre blanco y un nativo de los Mares del Sur; de Borabora, para ser más exactos. La historia arranca a partir de un portento de huracán que hace naufragar al *Petite Jeanne*, el carguero en el que viajan. Otoo y el protagonista, el anglosajón que cuenta la historia, se salvan asiéndose de un madero. A partir de ese momento, de vida y muerte, la relación de ambos se afianza. Llegan a intercambiar nombres. El pagano será Charley y el blanco Otoo, en una ceremonia muy importante en esas regiones, "que establece entre dos hombres vínculos más estrechos que los de la sangre". A lo largo de diecisiete años recorren juntos distintos puertos y efectúan distintos trabajos, incluido el comercio de perlas en Tuamotú. Charley agradece a su amigo esa compañía: "Yo soy obra suya. De no haber existido él, hoy sería yo un sobrecargo, un reclutador de negros y un simple recuerdo". "El pagano" es un tributo a esa camaradería ("me atrevería a decir que nunca hubo algo parecido entre un hombre blanco y uno moreno") que ofrece, al final, mediante el último de los sacrificios y con un tiburón de por medio, un desenlace que para mí cuenta como uno de los más logrados en la obra de London.

"El diente de ballena" ("The White Tooth") es otro cuento excepcional. Hace alusión a cierta estirpe de hombres que también arribaron a los Mares del Sur, no con el propósito de encontrar fortuna mediante el comercio de perlas o de negros, sino para promover sus ideas religiosas. "Ustedes están interesados en ganar dinero y yo en salvar almas", como afirma John Starhurst, el protagonista, un misionero que intenta convertir al cristianismo a nativos caracterizados por su propensión al canibalismo. Se emparenta con otra narración por el estilo, "El ídolo rojo", donde un naturalista blanco se enfrenta a los deseos de un reductor de cabezas que quiere convertirlo en lotu y hacerle *kaikai*, es decir, matarlo y comerlo. Al igual que en esta historia, en "El diente de ballena" se narra la creciente tensión entre las creencias de uno y otro bando. El diálogo que se establece entre Starhurst y Mongondro acerca del origen del mundo es sintomático de esta tensión, que al final se resolverá con una lucha perdida de antemano entre las armas que utiliza el misionero, la Verdad y la Justicia, y la maza de guerra que empuña el Buli de Gatoka.

"El labrador marino" ("The Sea-Farmer") es un cuento por demás interesante y curioso. Me gusta porque London, amante del mar y sus cosas, le quita aquí el brillo a lo marino. Lo desmitifica y lo desglorifica, aunque con honor. "Ser marino es un pobre oficio", como afirma el capitán MacElrath. Es un hábil navegante. Mientras otros de sus compañeros han naufragado, él ha hecho que el *Tryapsic*, su buque, llegue siempre a puerto seguro. Sus anécdotas de navegación nos muestran a un hombre que ha sabido sortear con fortuna los peligros del mar. Es un capitán hecho para conducir un barco por todos los rincones del mundo. Sin embargo, reniega de su oficio. "Se dedicó al mar, sin gustarle, porque era su destino." Es un hombre práctico. Es capitán de la misma forma que otros trabajan en una fábrica, una tienda o un banco. Su sueño es comprarse una granja y retirarse a una vida sedentaria. London logra uno de sus personajes más complejos y atractivos. MacElrath es un aventurero nato. Ha recorrido el mundo más que cualquiera. Se ha enfrentado a la muerte en cada golpe de ola. Ha sido más habilidoso que otros para conducir su barco y su mercancía a salvo. Sin embargo, en lo único que piensa es en establecerse en tierra firme y dedicarse a su familia y labrarse un futuro como granjero. Es una especie de retrato del propio London, viajando a bordo del *Snark* por los Mares del Sur y ansiando estar de regreso en California, para gozar de su finca, La Guarida del Lobo, en Glenn Ellen.

"Por un bistec" ("A Piece of Steak") es un cuento de box, una de las grandes aficiones de Jack London. Él mismo boxeó, como otra forma más de mostrar su virilidad, y reporteó las mejores peleas de su tiempo. El incidente más notable de su ser peleonero se remonta al 19 de junio de 1910, tras el nacimiento de su hija Joy. Él, que esperaba un varón, se refugia dolido en su machismo en un bar de San Francisco. No tarda en encontrar un pretexto para pelear. Se hace de palabras y de golpes con Muldowney, el propietario. Éste, enorme, de ciento cinco kilos, le da de cabezazos (lo acusa de pegar propaganda de medicamentos venéreos en el baño) y London se desquita con una estupenda patada en los testículos. Llega la policía y son encarcelados. Al día siguiente moría su recién nacida. Apenas la enterró, marchó a Reno para cubrir la pelea "del siglo" —otra más— entre el campeón, negro, Jack Johnson, y el retador, blanco, Jim Jeffries. "Cuando llegó a los campamentos de entrenamiento, con los ojos amoratados y la cara hinchada, parecía más un *sparring* que un autor célebre", como cuenta su biógrafo, Richard O'Connor. La esperanza blanca fue derrotada por el boxeador negro. Fue una pelea marcada por lo racial, en la que el boxeador blanco llevó la peor parte, lo que representó una gran desilusión para el público mayoritariamente blanco, London incluido. London cobró sus textos, publicados en el *Herald*, a razón de un dólar la palabra. Necesitado siempre de dinero y a gusto en la atmósfera de los cuadriláteros, no fueron pocas las peleas que cubrió para distintos periódicos. De ahí sus cuentos y una novela corta relativos al box. La novela es mala y se titula *El mexicano*. Demagogia revolucionaria escrita con rapidez: golpes del joven idealista Felipe Rivera por fusiles para la causa. Los cuentos son mejores. "El boxeador", de 1905, es una historia de amor con los encordados como motivo para la esperanza y la tragedia. Joe, "el Orgullo de West-Oakland", decente, puro, quien perderá algo más que la pelea en un absurdo accidente (el *Million Dollars Baby* de Clint Eastwood, con un siglo de ventaja). "Por un bistec" es su mejor historia en este género. El cuento aborda la última pelea de un viejo y hambriento boxeador, Tom King, el "animal de lucha", enfrentado a un hombre más joven. King necesita dinero para alimentar a su familia y acepta un duelo entre él y una joven promesa apellidada Sandel. Es un pugilista consumado que, sin embargo, se da cuenta de que "había gastado su juventud adquiriendo experiencia" y se encuentra en desventaja por la edad. "La juventud siempre debe ser joven", como escribe London, y "esta noche se sienta en el rincón de enfrente", como reflexiona, no sin escueta preocupación, el avejentado boxeador King. Es un relato clásico de boxeo. Los protagonistas no son sólo los *jabs* y los *uppercuts*, sino el hambre y la desolación de un hombre que tiene que aceptar que el tiempo lo ha derrotado.

En esta antología, arbitraria y precaria como todas, se halla un registro vario de las bondades de Jack London como escritor, pero sobre todo, de su manera de contemplar la vida. No es un simple aventurero, sino un explorador de distintas geografías y de diversos aspectos de la condición humana. Su literatura persiste, porque trata de la eterna lucha del ser humano por sobrevivir, a pesar de las condiciones adversas de la realidad circundante.

No fue un escritor de perros, como simplonamente ha sido llamado. Fue un autor que ahondó, a su manera, no sólo en las grandes corrientes filosóficas de su tiempo, sino en las contradicciones morales y pragmáticas del hombre. No fue alguien que supo de oídas, sino un escritor que se atrevió a afrontar las cosas del mundo para vivir la gran aventura que es la vida y tener qué contar a sus lectores.

En efecto, como Alfred Kazin alguna vez lo notó: “La más grande historia jamás escrita por Jack London fue la historia de su vida”.

PAÑUELO AMARILLO

La bahía de San Francisco es tan vasta, que a menudo sus tempestades se revelan más desastrosas para los grandes navíos que las que desencadena el propio océano. Sus aguas contienen toda clase de peces, por lo que su superficie se ve continuamente cruzada por toda clase de barcos de pesca pilotados por toda clase de pescadores. Para proteger a la fauna marina contra una población flotante tan abigarrada se han promulgado unas leyes llenas de sabiduría, y una Patrulla de la Pesca vela por su cumplimiento.

La vida de los patrulleros no carece ciertamente de emociones: muchos de ellos han encontrado la muerte en el cumplimiento de su deber, y un número más considerable todavía de pescadores, cogidos en delito flagrante, han caído bajo las balas de los defensores de la ley.

Los pescadores chinos de gambas se encuentran entre los más intrépidos de estos delincuentes. Las gambas viven en grandes colonias y se arrastran sobre los bancos de fango. Cuando se encuentran con el agua dulce en la desembocadura de un río, dan media vuelta para volver al agua salada. En estos sitios, cuando el agua se extiende y se retira con cada marea, los chinos sumergen grandes buitrones: las gambas son atrapadas para ser seguidamente transferidas a la marmita.

En sí misma, esta clase de pesca no tendría nada de reprensible, si no fuera por la finura de las mallas de las redes empleadas; la red es tan apretada que las gambas más pequeñas, las que acaban de nacer y que ni tan siquiera miden un centímetro de largo, no pueden escapar. Las magníficas playas de los cabos San Pablo y San Pedro, donde hay pueblos enteros de pescadores de gambas, están infestadas por la peste que producen los desechos de la pesca. El papel de los patrulleros consiste en impedir esta destrucción inútil.

A los dieciséis años, yo ya era un buen marino y navegaba por toda la bahía de San Francisco a bordo del *Reindeer*, un balandro de la Comisión de Pesca, ya que entonces yo pertenecía a la famosa patrulla.

Después de un trabajo agotador entre los pescadores griegos de la parte superior de la bahía, donde demasiado a menudo el destello de un puñal resplandecía al comienzo de una trifulca, y donde los contraventores de la ley no se dejan arrastrar más que con el revólver bajo la nariz, acogimos con gozo la orden de dirigirnos un pico más hacia el sur para dar caza a los pescadores chinos de gambas.

Éramos seis, en dos barcos, y, con el fin de no despertar ninguna sospecha, esperamos al crepúsculo antes de ponernos en ruta. Lanzamos el ancla al abrigo de un promontorio conocido bajo el nombre de cabo Pinole. Cuando los primeros resplandores del alba palidecían en Oriente, emprendimos de nuevo nuestro viaje, y ciñendo estrechamente el viento de tierra, atravesamos oblicuamente la bahía hacia el cabo San Pedro. La bruma matinal, espesa por encima del agua, nos impedía cualquier cosa, pero nos calentábamos tomando café hirviendo. Debimos igualmente entregarnos a la ingrata tarea de achicar el agua de nuestro barco; en efecto, se había abierto una vía a bordo del *Reindeer*.

Aún ahora no me explico cómo se había producido, pero pasamos la mitad de la noche desplazando lastre y explorando las juntas, sin hacer ningún progreso. El agua continuaba entrando, tuvimos que doblar la guardia en la cabina y continuamos echándola por la borda.

Después del café, tres de nuestros hombres subieron a la otra embarcación, una barca para la pesca del salmón, y sólo nos quedamos dos en el *Reindeer*. Los dos barcos navegaron juntos hasta que el sol apareció en el horizonte dispersando la bruma: la flotilla de pescadores de gambas se desplegaba en forma de media luna, cuyas puntas distaban cinco kilómetros una de otra. Cada junco estaba amarrado a la boya de una red para gambas. Pero nada se movía y no se distinguía ningún signo de vida.

Pronto adivinamos lo que se preparaba. En espera de que hubiera mar plana para sacar del agua las redes llenas de peces, los chinos dormían en el fondo de sus embarcaciones. Alegremente, trazamos en seguida un plan de batalla.

—Que cada uno de tus dos hombres ataque uno de los juncos —me susurró Le Grant desde el otro barco—. Tú mismo salta sobre un tercero. Nosotros haremos lo mismo y nada nos impedirá coger por lo menos seis juncos a la vez.

Nos separamos. Puse al *Reindeer* de la otra amura y corrí a sotavento de un junco. Al acercarme, oculté la vela mayor, disminuí la velocidad y conseguí deslizarme bajo la popa del junco, tan lentamente y tan cerca, que uno de mis hombres saltó a bordo. Después, me dejé llevar, la vela mayor se hinchó y me dirigí hacia un segundo junco.

Hasta aquí, todo había sucedido muy silenciosamente, pero del primer junco capturado por el barco de mis compañeros surgió una gresca: gritos agudos en lengua oriental, un tiro y nuevos aullidos.

—La mecha se ha encendido. Están avisando a sus camaradas —me dijo Georges, el otro patrullero que se encontraba a mi lado en la caseta del timón.

Nos encontrábamos ahora en el centro de la flotilla y la noticia de nuestra presencia se había propagado a una velocidad increíble. Los puentes hormigueaban de chinos medio desnudos y apenas despiertos. Los gritos de alarma y los alaridos de cólera flotaban sobre el agua tranquila, y muy pronto nos llegó el sonido de una caracola marina. A nuestra derecha, el capitán de un junco, armado con un hacha, cortó la amarra, y después corrió a ayudar a los hombres de su tripulación a izar su extraordinaria vela de tercio. Pero a nuestra izquierda, en otro junco, los pescadores apenas empezaban a aparecer sobre el puente. Dirigí el *Reindeer* hacia aquella embarcación, lo suficiente lentamente como para permitirle a Georges saltar a bordo.

En aquel momento, toda la flotilla estaba en movimiento. Además de las velas, los chinos habían sacado largos remos y toda la bahía estaba surcada en todos los sentidos por juncos que huían. A partir de entonces, me quedé solo a bordo del *Reindeer*, tratando febrilmente de capturar un tercer junco. El primero que intenté atrapar se me escapó sin ningún esfuerzo, ya que izó a fondo sus velas y avanzó con el viento de manera sorprendente. Entraba a barlovento con algo más de medio cuarto que el *Reindeer*, y empecé a concebir cierto respeto por aquel esquife privado de gracia. Comprendiendo la inutilidad de la persecución, lo dejé ir, tiré de la escota de la vela mayor y me dirigí rápidamente hacia los juncos que estaban a sotavento, donde la ventaja estaba de mi parte.

El que había escogido flotaba de manera indecisa ante mí, y cuando yo borneaba ampliamente para hacer un abordaje esmerado, se dejó ir bruscamente, el viento infló sus velas y partió decididamente, mientras los mongoles, inclinados sobre los remos, salmodiaban en cadencia un ritmo salvaje. Pero no me cogieron desprevenido. Orcé rápidamente. Empujando todo el timón hacia el viento y manteniéndolo en esta posición con mi cuerpo, tiré progresivamente de la escota de la vela mayor, intentando conservar la mayor potencia posible. Los dos remos de estribor del junco toparon con estrépito. Parecido a una mano gigante, el bauprés del *Reindeer* alcanzó el puente por debajo y barrió el mástil achaparrado y la vela desproporcionada del junco.

Al punto se oyó un grito de los que te hielan la sangre. Un chino gordo de aspecto terrible, con la cabeza envuelta en un pañuelo de seda amarillo y la cara picada de viruela, clavó un largo bichero en la proa del *Reindeer* y se dispuso a separar las dos embarcaciones. Haciendo una pausa suficientemente larga para dejar caer el foque, en el momento en que el *Reindeer* se separaba y empezaba a retroceder, salté sobre el junco con un trozo de cuerda y lo amarré sólidamente. El hombre de rostro picado y de pañuelo de seda amarillo avanzó hacia mí, con aire amenazador; metí la mano en el bolsillo de mi pantalón, y vaciló. En modo alguno estaba armado, pero los chinos han aprendido a desconfiar de los bolsillos de los americanos, y yo ya contaba con esto para mantenerlo a distancia, como a su feroz tripulación.

Le ordené que tirara el ancla en la popa del junco, a lo que respondió:

—No comprender.

Los demás hombres de la tripulación respondieron en los mismos términos, y por más que les explicase claramente por signos lo que deseaba, se obstinaron en no comprender.

Adivinando la inutilidad de toda discusión, me fui yo mismo a la parte delantera del barco y tiré el ancla.

—¡Que cuatro de vosotros suban a mi barco! —ordené en voz alta, indicando con mis dedos que cuatro de ellos debían seguirme y que el quinto debía permanecer en el junco.

Pañuelo Amarillo titubeó, pero yo repetí la orden en tono amenazador (exagerando mi cólera) y al mismo tiempo me llevé la mano al bolsillo. De nuevo, el hombre del pañuelo de seda pareció intimidado y, con aire sombrío, condujo a tres de sus hombres a mi barco. Largué las velas rápidamente, y dejando el foque abatido, emprendí la carrera hacia el junco de Georges. De esta manera, la tarea resultaba más fácil; aparte de que éramos dos, Georges poseía un revólver que podía sernos útil si las cosas se complicaban. Como acababa de hacer con la tripulación del junco atrapado por mí, cuatro de los chinos fueron llevados a mi balandro y sólo uno permaneció en el junco.

Del tercer junco, otros cuatro chinos se sumaron a nuestra lista de pasajeros. Por su parte, el barco de nuestros colegas había recogido a sus doce prisioneros, y vino a situarse a nuestro lado con su pesada carga. Su situación era peor que la nuestra, debido a que el barco era muy pequeño y los patrulleros se encontraban revueltos entre sus prisioneros y, en caso de rebelión, les hubiera sido muy difícil restablecer el orden.

—Es absolutamente necesario que nos ayudes —me dijo Le Grant.

Yo miraba a mis prisioneros, que se habían refugiado en la cabina y sobre el techo de la misma.

—Puedo tomar tres —le respondí.

—Vamos, coge cuatro, y Bill vendrá aquí —sugirió el otro (Bill era el tercer hombre de la patrulla)—. Aquí estamos apretados como sardinas, y si llegara a producirse una pelea, ya es demasiado un blanco contra dos amarillos.

Habiéndose producido el intercambio, Le Grantizó la tarquina y dirigió su barco hacia el sur de la bahía a través de las marismas de San Rafael. Instalé el foque y puse al *Reindeer* en la misma dirección.

San Rafael, donde debíamos poner a nuestros prisioneros en manos de las autoridades, comunicaba con la bahía por un largo canal fangoso, tortuoso y cenagoso, navegable solamente con marea alta. La mar ya estaba plana, y como el reflujo comenzaba, había que darse prisa, si no queríamos esperar medio día hasta la siguiente marea.

Con la salida del sol, la brisa de tierra se había debilitado y no nos llegaba sino lentamente. El salmonero sacó sus remos y pronto nos dejó atrás. Algunos de mis chinos permanecían en la parte anterior de la caseta del timón, cerca de las puertas de la cabina. En un momento dado, cuando me inclinaba sobre el barandal de la caseta del timón, para ceñir el foque desinflado, noté que alguien frotaba mi bolsillo. Hice parecer que no me daba cuenta, pero por el rabillo del ojo constaté que Pañuelo Amarillo acababa de descubrir el vacío de aquel bolsillo que hasta entonces lo había mantenido a raya.

Durante todo el tiempo que había durado el abordaje de los juncos, habíamos dejado de vaciar el agua del *Reindeer*, y ahora ésta invadía el suelo de la caseta del timón. Los pescadores de gambas me mostraban el agua y me miraban con aire interrogante.

—Sí, dentro de poco nos hundiremos todos, si no os dais prisa en achicar esta agua. ¿Comprendido?

No, no "comprendían", o al menos así me lo hicieron saber por medio de cabeceos, mientras discutían mi orden, entre ellos, en su propia lengua. Levanté tres o cuatro planchas, cogí un par de cubos pequeños de un pañol y, a través del lenguaje infalible de los signos, les ordené poner manos a la obra. Pero estallaron en risas. Algunos entraron en la cabina, otros treparon al techo.

Sus burlas no auguraban nada bueno; contenían algo de amenaza, una maldad que se reflejaba en sus miradas sombrías. Desde que Pañuelo Amarillo se había dado cuenta de que el bolsillo de mi pantalón estaba vacío, se mostraba más arrogante, se deslizaba entre los demás prisioneros y les cuchicheaba con un aire muy serio.

Reprimiendo mi desazón, bajé hasta la caseta del timón y me puse a achicar el agua, pero apenas había empezado, cuando la botavara se balanceó sobre mi cabeza, la vela mayor se infló dando una sacudida y el *Reindeer* se inclinó.

El viento de la mañana se anunciaba. Georges era un verdadero marinero de agua dulce, y tuve que abandonar mi cubo para ocuparme del timón. El viento soplaba directamente del cabo San Pedro y de las altas montañas que se levantaban detrás del mismo, por lo que se trataba sin duda de un vendaval, la brisa inflando por momentos la vela y, en otros, sacudiéndola perezosamente.

Pocas veces he encontrado un tipo tan incompetente como aquel Georges. También hay que decir que estaba bastante incapacitado, ya que estaba enfermo del pecho, y yo sabía que si trataba de achicar el agua, corría el riesgo de sufrir una hemorragia. Entretanto, el agua subía de nivel y era necesario tomar una decisión a cualquier precio. Ordené de nuevo a los pescadores de gambas que nos ayudaran a vaciar el agua. Se reían con aire desafiante y, los que se encontraban en la cabina con el agua hasta las rodillas, mezclaban sus risas burlonas con las de sus compañeros encaramados en el techo.

—Sería mejor que sacases tu revólver para obligarles a achicar —le advertí a Georges.

Pero él movía la cabeza y no hacía más que evidenciar su espanto. Los chinos veían tan bien como yo su falta de autoridad, y su insolencia se hacía cada vez más insoportable. Los de la cabina abrieron el pañol de las provisiones, los que estaban sobre el techo bajaron para unirse a ellos y entregarse a una comilona a costa de nuestras galletas y latas de conserva.

—¿Y qué puede importarnos eso? —me dijo Georges con voz doliente.

Yo pataleaba de cólera.

—Si escapan a nuestro control, será demasiado tarde para contenerlos. Lo mejor sería obligarlos a obedecer enseguida.

El agua continuaba subiendo y las rachas de viento, presagio de una fuerte brisa, aumentaban su violencia. Los prisioneros, habiendo devorado nuestras provisiones de una semana, se pusieron a correr de un lado para otro de tal modo que, al cabo de un instante, el *Reindeer* se balanceaba como la cáscara de una nuez.

Pañuelo Amarillo se acercó a mí y, señalándome con el dedo su pueblo sobre el arenal de San Pedro, me hizo comprender que si ponía rumbo a esa dirección y los conducía a tierra, a cambio sacarían el agua del barco. En aquellos momentos, ésta llegaba ya a las literas de la cabina y las mantas estaban empapadas. Sin embargo, me negué. Georges no conseguía ocultar su angustia.

—Si no te muestras más enérgico, se abalanzarán sobre nosotros y nos arrojarán por la borda —le hice ver—. Si quieres salvar el pellejo, pásame tu revólver.

—Lo mejor sería dejarlos en tierra —murmuró tímidamente—. No quiero dejarme ahogar por un puñado de sucios chinos.

—Y yo no cederé ante un "puñado de sucios chinos" —repliqué vigorosamente.

—En ese caso —gimió—, vas a hundir el *Reindeer*, y a nosotros con él. ¿De qué te servirá?

—Cada uno tiene su opinión.

No replicó, pero le vi temblar de una manera lastimosa. Entre los chinos amenazantes y el agua que nos invadía, el miedo le paralizaba. Más que a los chinos y al agua, yo temía a Georges y a las decisiones que podía adoptar bajo la influencia del miedo. Lanzaba desesperadas miradas hacia el minúsculo bote amarrado en la popa, por lo que durante el siguiente momento de calma icé la pequeña embarcación. Entonces vi brillar sus ojos con esperanza, pero antes de que adivinara mi intención, desfondé el casco con un hachazo y el agua inundó el bote hasta la borda.

—¡Nos hundiremos o nos salvaremos juntos! —le dije—. Dame ese revólver y yo me encargo de hacer vaciar el *Reindeer* en un abrir y cerrar de ojos.

—Son demasiados —se lamentó—. ¿Qué podemos contra una banda como ésta?

Descorazonado, le di la espalda. Hacía ya rato que habíamos perdido de vista el salmonero, disimulado por un pequeño archipiélago llamado las Islas Marinas; no podíamos, pues, esperar ninguna ayuda por aquel lado. Pañuelo Amarillo vino hacia mí con descaro, chapoteando el agua de la cabina con sus piernas. La expresión de su cara no me decía nada bueno. Tras la amable sonrisa que arbolaba, se escondían oscuras intenciones. Le ordené retroceder en un tono tan perentorio que obedeció inmediatamente.

—Mantente a esa distancia y no te acerques.

—¿Por qué?—preguntó, indignado—. Yo poder hablar-hablar, muy bueno.

—Hablar-hablar —repetí en tono amargo; en ese momento supe que había comprendido lo que había ocurrido entre Georges y yo—. ¿Para qué hablar-hablar? No sabes inglés.

Esbozó una débil sonrisa.

—Sí, yo mucho saber hablar. Yo chino honrado.

—Bueno —respondí—. Tú saber hablar-hablar. Pues va, saca el agua mucho-mucho. Después, ya hablaremos.

Movió la cabeza, señalando con el dedo a sus compañeros por encima del hombro.

—No poder. Muy malos chinos, muy malos. Creo... humm...

—¡Atrás! —exclamé.

Acababa de darme cuenta, en efecto, de que su mano había desaparecido bajo su blusa y que su cuerpo se tensaba para saltar.

Desconcertado, volvió a la cabina a parlamentar con sus camaradas, a juzgar por el parloteo resultante.

El *Reindeer* continuaba hundiéndose y sus movimientos eran cada vez más desordenados. Con un fuerte oleaje, hubiera naufragado infaliblemente, pero el viento, cuando soplaba, venía de tierra y apenas rizaba la superficie de la bahía.

—Creo que harías bien en ganar la orilla —me dijo Georges, de repente.

El tono de su voz indicaba que su miedo le decidía a actuar.

—No soy de tu opinión —respondí brevemente.

—¡Te lo ordeno! —exclamó, autoritario.

—Mi misión es conducir a estos prisioneros a San Rafael —repliqué.

Al ruido de nuestro altercado, los chinos salieron de la cabina.

—Ahora, ¿vas a volver a tierra?

Georges se atrevía a hablarme así y apuntaba hacia mí el cañón de su revólver. Del revólver que, por cobardía, no había utilizado para hacer obedecer a los chinos.

Un raudal de luz iluminó mi cerebro. La situación, en sus mínimos detalles, se precisaba netamente ante mí: la humillación de dejar escapar a los prisioneros, la defectuosa explicación que debería dar a Le Grant y a los demás patrulleros, la inutilidad de mis esfuerzos y el vergonzoso fracaso en el momento en que iba a conseguir la victoria. Por el rabillo del ojo veía a los chinos reunidos en la puerta de la cabina, saboreando ya su triunfo.

Eso no iba a suceder.

Levanté la mano y agaché la cabeza. El primer gesto tuvo por efecto desviar el cañón del revólver y el segundo poner mi cabeza a salvo de la bala que fue a silbar detrás de mí. Pegué un salto. Una de mis manos se crispó sobre el puño de Georges, mientras la otra agarraba el arma. Pañuelo Amarillo, seguido de su banda, se abalanzó hacia mí.

No era momento para titubeos.

Con toda mi energía, empujé a Georges hacia delante y me eché hacia atrás prontamente, arrancándole así el arma de la mano y haciéndole perder el equilibrio. Se desplomó contra las rodillas de Pañuelo Amarillo, que cayó de cabeza por encima suyo, y los dos hombres rodaron por el agujero del suelo de la cabina habilitado por mí para poder achicar el agua.

Un instante después, apunté con el revólver a aquellos salvajes pescadores de gambas, que retrocedieron asustados.

No tardé en calibrar toda la diferencia que existe entre el hecho de abatir a unos hombres que atacan y el de disparar sobre unos prisioneros culpables tan sólo de desobediencia.

Cuando les había pedido que vaciaran el agua del agujero, no habían querido oír nada e, incluso, bajo la amenaza del revólver, estos individuos permanecían sentados, impasibles, en la cabina inundada o sobre el techo, y oponían una fuerza de inercia increíble.

Pasaron quince minutos. El *Reindeer* se hundía cada vez más y la vela mayor ondeaba en la calma. Pero a la altura del cabo San Pedro divisé una línea oscura encima del agua que se acercaba a nosotros. Era la buena brisa que desde hacía tanto rato esperaba.

Se la enseñé a los chinos. La acogieron con gritos de alegría. Entonces les señalé con el dedo la vela y el agua que había a bordo; por medio de signos, les hice comprender que cuando el viento hinchase la vela, el agua haría zozobrar el barco. Pero me respondieron con una risa burlona desafiante, ya que sabían que no dejaría de orzar, de largar la escota de la vela mayor y, dejándola flamear, evitaría la catástrofe.

Entre tanto, yo ya había tomado mi decisión. Contrariamente, halé la vela algo así como medio metro, la enrollé a la cornamusa con una vuelta y, apoyándome sobre los pies, sostuve el timón con la espalda.

Pude así manipular la escota con una mano y con la otra sostener el revólver. La línea oscura se acercaba cada vez más y los chinos dirigían sus miradas unas veces hacia esa dirección, otras veces hacia mí, con un temor que ahora eran incapaces de disimular.

Mi inteligencia y mi fuerza de voluntad entraban en conflicto con las suyas: faltaba saber quién, si ellos o yo, soportaría por más tiempo la amenaza de una muerte inminente y cedería primero.

El viento se abatió sobre nosotros. La vela mayor se puso tiesa con un brusco restallamiento de los motones, la botavara se enderezó, luego la vela se hinchó y el *Reindeer* se inclinó hasta tal punto que la borda no tardó en sumergirse en el agua. La inclinación continuó acentuándose y una parte del puente, seguida de las portillas de la camareta, se sumergieron a su vez. Al mismo tiempo, las olas se estrellaron por encima del barandal de la caseta del timón. Dentro de la cabina, los hombres, arrojados violentamente los unos contra los otros, rodaron hacia un lado en un revoltijo inexplicable; los que estaban debajo corrieron un serio peligro de asfixiarse.

Habiendo aumentado ligeramente la brisa, el *Reindeer* se inclinaba aún más. Hubo un momento en que creí que zozobraba. Otra racha de viento y adiós a mi balandro.

Mientras que, manteniendo mi barco, me preguntaba a mí mismo si iba a ceder o no, los chinos imploraron piedad. Nunca una melodía tan dulce había llegado a mis oídos.

Sólo entonces, y no antes, orcé y aflojé la escota de la vela mayor. El *Reindeer* se enderezó muy lentamente y, cuando hubo recuperado el equilibrio, estaba tan hundido en el agua que dudé poderlo salvar.

Los chinos se precipitaron dentro de la caseta del timón y se pusieron a achicar con cubos, potes, ollas y todo lo que caía en sus manos.

Qué magnífico espectáculo: el agua volaba por encima de la borda. Y cuando el *Reindeer*, una vez más, se levantó orgulloso sobre la superficie de la bahía llevado por la brisa, emprendimos rápidamente la marcha sobre nuestra aleta, atravesamos por los pelos los bancos de fango y penetramos en el estrecho canal.

Todo espíritu de revuelta había muerto en los chinos, se habían vuelto tan obedientes que, antes de llegar a San Rafael, se ocupaban del remolque, con Pañuelo Amarillo dando el ejemplo.

En cuanto a Georges, éste fue su último viaje con la patrulla de pesca. Esta clase de deporte no le entusiasmaba, explicó; un trabajo de chupatintas en San Francisco se adaptaba mejor a sus gustos.

Nosotros compartimos plenamente su opinión.

EL SILENCIO BLANCO

—Carmen no durará más de un par de días.

Mason escupió un trozo de hielo y observó compasivamente al pobre animal. Luego se llevó una de sus patas a la boca y comenzó a arrancarle a bocados el hielo que cruelmente se apiñaba entre los dedos del animal.

—Nunca vi un perro de nombre presuntuoso que valiera algo —dijo, concluyendo su tarea y apartando a un lado al animal—. Se extinguen y mueren bajo el peso de la responsabilidad. ¿Viste alguna vez a uno que acabase mal llamándose Casiar, Siwash o Husky? ¡No, señor! Échale una ojeada a Shookum, es...

¡Zas! El flaco animal se lanzó contra él y los blancos dientes casi alcanzaron la garganta de Mason.

—Conque sí, ¿eh?

Un hábil golpe detrás de la oreja con la empuñadura del látigo tendió al animal sobre la nieve, temblando débilmente, mientras una baba amarilla le goteaba por los colmillos.

—Como iba diciendo, mira a Shookum, tiene brío. Apuesto a que se come a Carmen antes de que acabe la semana.

—Yo añadiré otra apuesta contra ésa —contestó Malemute Kid, dándole la vuelta al pan helado puesto junto al fuego para descongelarse—. Nosotros nos comeremos a Shookum antes de que termine el viaje. ¿Qué te parece, Ruth?

La india aseguró la cafetera con un trozo de hielo, paseó la mirada de Malemute Kid a su esposo, luego a los perros, pero no se dignó responder. Era una verdad tan palpable, que no requería respuesta. La perspectiva de trescientos kilómetros de camino sin abrir, con apenas comida para seis días para ellos, y sin nada para los perros, no admitía otra alternativa. Los dos hombres y la mujer se agruparon en torno al fuego y empezaron su parca comida. Los perros yacían tumbados en sus arneses, pues era el descanso de mediodía, y observaban con envidia cada bocado.

—A partir de hoy no habrá más almuerzos —dijo Malemute Kid—. Y tenemos que mantener bien vigilados a los perros... Se están poniendo peligrosos. Si se les presenta oportunidad, se comerán a uno de los suyos en cuanto puedan.

—Y pensar que yo fui una vez presidente de una congregación metodista y enseñaba en la catequesis...

Habiéndose desembarazado distraídamente de esto, Mason se dedicó a contemplar sus humeantes mocasines, pero Ruth le sacó de su ensimismamiento al llevarle el vaso.

—¡Gracias a Dios tenemos té en abundancia! Lo he visto crecer en Tennessee. ¡Lo que daría yo por un pan de maíz caliente en estos momentos! No hagas caso, Ruth; no pasarás hambre por mucho tiempo más ni tampoco llevarás mocasines...

Al oír esto, la mujer abandonó su tristeza y sus ojos se llenaron del gran amor que sentía por su señor blanco... El primer hombre blanco que había visto... El primer hombre conocido que trataba a una mujer como algo más que un animal o una bestia de carga.

—Sí, Ruth —continuó su esposo, recurriendo a la jerga macarrónica con la que sólo se podían entender—. Espera a que recojamos y partamos hacia El Exterior. Tomaremos la canoa del Hombre Blanco e iremos al Agua Salada. Sí, malas aguas, tempestuosas... Grandes montañas que danzan subiendo y bajando todo el tiempo. Y tan grande, tan lejos, tan lejos... Viajas diez jornadas, veinte jornadas, cuarenta jornadas —enumeró gráficamente los días con sus dedos—; siempre agua, malas aguas. Entonces llegas a un gran poblado, mucha gente, tanta, como los mosquitos del próximo verano. Tiendas tan altas... Como diez, veinte pinos. ¡*Hi, yu skookum*![1]

Se detuvo impotente, echándole una mirada suplicante a Malemute Kid, y laboriosamente colocó por señas los veinte pinos, punta sobre punta. Malemute Kid sonrió con alegre cinismo, pero los ojos de Ruth se abrieron con asombro y placer; creía a medias que le estaba engañando, y tal condescendencia halagaba su pobre corazón de mujer.

—Y luego entras en una... caja, y izas!, vas hacia arriba —lanzó su taza vacía al aire, para ilustrarlo y, mientras la cogía hábilmente, gritó—. Y ¡paf!, bajas de nuevo. ¡Ah, grandes hechiceros! Tú vas a Fort Yukon. Yo voy a Arctic City. Veinticinco jornadas... Entre los dos, cable muy largo, todo seguido... Cojo el cable... Yo digo: "¡Hola, Ruth! ¿Cómo estás?"... Y tú dices: "¿Eres mi buen esposo?"... Y yo digo: "Sí"... Y tú dices: "No puedo hacer buen pan, no queda levadura". Entonces digo: "Mira en el escondrijo, bajo la harina; adiós". Tú miras y encuentras mucha levadura. Todo el tiempo tú en Fort Yukon y yo en Arctic City. ¡Gran hechicero!

Ruth sonrió tan ingenuamente con el cuento de hadas, que los hombres estallaron en carcajadas. Una pelea entre los perros vino a cortar por lo sano las maravillas de El Exterior, y para cuando separaron a los combatientes, Ruth había amarrado los trineos y estaba lista para el camino.

—¡Arre! ¡Baldy! ¡Arre!

Mason restalló diestramente el látigo y, mientras los perros aullaban débilmente en sus correas, abrió la marcha tirando de la vara del trineo. Ruth le seguía con el segundo grupo de perros, dejando a Malemute Kid, que le había ayudado a partir, cerrar la marcha. Un hombre fuerte, una bestia, capaz de derrumbar a un buey de un golpe, no podía soportar pegar a los pobres animales y los mimaba como raramente hace un conductor de perros... Es más, casi lloraba con ellos en su miseria.

1 "Muy grande, muy bueno o muy fuerte", en lengua chinook del noroeste de Canadá. [N. del E.]

—¡Venga, adelante, pobres bestias doloridas! —murmuró, después de varios intentos infructuosos por arrancar. Su paciencia se vio recompensada al fin y, aunque gimiendo de dolor, se apresuraron a reunirse con sus compañeros.

Ya no hubo más conversación; la dificultad del camino no permite tales lujos. Y entre todas las faenas, la de la ruta de Norte es la peor. Dichoso el hombre que puede soportar una jornada de viaje a base de silencio, y eso en una ruta ya abierta. Pues de todas las descorazonadoras tareas, la de abrir camino es la peor. A cada paso, las grandes raquetas se hunden hasta que la nieve llega a la altura de las rodillas. Luego, hacia arriba, derecho hacia arriba, pues la desviación de una fracción de pulgada es anuncio cierto del desastre; la raqueta se eleva hasta que la superficie queda limpia; luego adelante, abajo, el otro pie se eleva perpendicular a media yarda. El que lo intenta por primera vez puede sentirse feliz si evita colocar las botas en esa peligrosa cercanía y caer sobre la traicionera superficie, pero se rendirá exhausto después de cien yardas; el que puede mantenerse alejado de los perros por un día entero puede muy bien meterse en su saco de dormir con la conciencia tranquila y un orgullo fuera de toda comprensión. Y el que viaja veinte jornadas sobre la larga ruta es un hombre que merece la envidia de los dioses.

La tarde pasó, y con el respeto nacido del silencio blanco, los silenciosos viajeros se aplicaron a su trabajo. La naturaleza tiene muchas artimañas para convencer al hombre de su finitud —el incesante fluir de las mareas, la furia de la tormenta, la sacudida del terremoto, el largo retumbar de la artillería del cielo—, pero la más tremenda, la más sorprendente de todas, es la fase pasiva del silencio blanco. Cesa todo movimiento, el aire se despeja, los cielos se vuelven de latón; el más pequeño susurro parece un sacrilegio y el hombre se torna tímido, asustado del sonido de su propia voz. Única señal de vida que viaja a través de las espectrales inmensidades de un mundo muerto; tiembla ante su propia audacia, se da cuenta de que su vida no vale más que la de un gusano.

Surgen extraños pensamientos no llamados y el misterio de todas las cosas pugna por darse a conocer. Y el temor a la muerte, a Dios, al

Universo, se apodera de él, la esperanza en la resurrección y la vida, su deseo de inmortalidad, la lucha vana de la esencia aprisionada. Entonces, si alguna vez ocurre, el hombre camina solo con Dios.

Así pasó lentamente el día. El río trazaba un gran meandro y Mason dirigió su partida hacia él a través del estrecho cuello de tierra. Pero los perros retrocedieron ante la empinada ribera. Una y otra vez, a pesar de que Ruth y Malemute Kid empujaban el trineo, resbalaban de nuevo hasta el fondo. Entonces vino el esfuerzo supremo. Las miserables criaturas, debilitadas por el hambre, reunieron sus últimas fuerzas. Arriba, arriba... El trineo se detuvo en la cima de la ladera, pero el perro que iba a la cabeza giró la reata hacia la derecha, enredando las raquetas de Mason. El resultado fue desastroso. Masón cayó de repente al suelo, uno de los perros se derrumbó sobre sus arneses y el trineo se volcó hacia atrás, arrastrando de nuevo todo hasta el fondo.

¡Zas! El látigo cayó sobre los perros salvajemente, sobre todo en el que había tropezado.

—¡No, Mason! —suplicó Malemute Kid—. El pobre diablo no puede más. Espera y engancharemos mis perros.

Mason retuvo el látigo intencionadamente hasta que se apagó la última palabra, entonces restalló el largo látigo, rodeando completamente el cuerpo de la criatura culpable. Carmen —porque de Carmen se trataba— se agazapó en la nieve, lloró lastimosamente y se volvió sobre el costado.

Era un momento trágico, un patético incidente del camino: un perro agonizante y dos compañeros enfurecidos. Ruth miró ansiosamente de un hombre al otro. Pero Malemute Kid se contuvo, aunque había un mundo de reproche en sus ojos, e inclinándose sobre el perro cortó las correas. No pronunciaron ni una palabra. Ataron los perros en doble hilera y superaron la dificultad; los trineos estaban de nuevo en camino, con el perro moribundo arrastrándose detrás. Mientras el animal pueda viajar, no se le sacrifica, se le ofrece esta última oportunidad, arrastrarse hasta el campamento, si puede, con la experanza de que allí muera un alce.

Arrepentido ya de su ataque de ira, pero demasiado terco para enmendarse, Mason faenaba a la cabeza de la cabalgata, sin imaginarse que el peligro flotaba en el aire. La leña caída se apilaba densamente en el protegido suelo y a través de ella se abrieron paso. A quince metros o más del camino se alzaba un alto pino. Durante generaciones había permanecido allí y durante generaciones el destino le había previsto este único fin. Quizás se había decretado lo mismo para Mason.

Se agachó para atarse el cordón del mocasín. Los trineos se detuvieron y los perros se tumbaron en la nieve sin un gemido. La quietud era extraña, ni un soplo hacía crujir el bosque cubierto de escarcha. El frío y el silencio del espacio había helado el corazón y apagado los temblorosos labios de la naturaleza. Un suspiro latió en el aire. No lo oyeron, más bien lo sintieron, como la premonición de un movimiento en el vacío inmóvil. Entonces, el gran árbol, cargado con su peso de años y nieve, representó su papel en la tragedia de la vida. Oyó el estrépito de advertencia e intentó saltar, pero, casi en pie, recibió el golpe de lleno en el hombro.

El súbito peligro, la muerte repentina... ¡Cuán a menudo se había enfrentado a ella Malemute Kid! Las ramas del pino aún temblaban, mientras él daba órdenes y entraba en acción. Tampoco se desmayó ni elevó la voz en lamentos inútiles la muchacha india, como podían haber hecho sus hermanas blancas. Cumpliendo las órdenes del hombre, echó su peso sobre el extremo de una palanca improvisada, aliviando el peso y escuchando los gemidos de su esposo, mientras Malemute Kid atacaba el árbol con el hacha. El acero repicaba alegremente al morder el tronco helado, cada golpe acompañado por una respiración audible y forzada, el "¡huh!, ¡huh!" del leñador.

Al fin, Kid tendió sobre la nieve a la lastimosa criatura que una vez fuera hombre. Pero, peor que el dolor de su compañero era la muda angustia reflejada en la cara de la mujer, la mirada mezcla de esperanza y desesperación. Se cruzaron pocas palabras. Los de las tierras del Norte aprenden pronto la futilidad de las palabras y el valor inestimable de los hechos.

Con la temperatura a dieciocho bajo cero, un hombre no puede permanecer tumbado en la nieve por muchos minutos y sobrevivir. Por tanto, cortaron las correas del trineo y tendieron a la víctima, envuelta en pieles, en un lecho de ramas. Ante él ardía un fuego, hecho de la misma madera que había provocado la desgracia. Detrás de él, y cubriéndolo parcialmente, estaba extendido un toldo primitivo, un trozo de lona que capta las radiaciones de calor y las devolvía hacia él, un truco que conocen los hombres que estudian física en sus fuentes.

Los hombres que han compartido su lecho con la muerte saben cuándo les llama. Mason estaba terriblemente machacado. El examen más superficial así lo revelaba. Tenía rotos el brazo derecho, la pierna y la espalda; sus miembros estaban paralizados desde las caderas y la probabilidad de heridas internas era grande. El único signo de vida era un gemido ocasional.

Ninguna esperanza; no había nada qué hacer. La noche implacable se deslizó lentamente sobre ellos. Ruth sufría con el desesperado estoicismo de su raza y nuevas arrugas acudían al rostro de bronce de Malemute Kid. De hecho, Mason sufría menos que ninguno, pues estaba al este de Tennessee, en las grandes montañas Smokey, reviviendo escenas de su niñez. Y lo más patético era la melodía de su ya olvidado dialecto sureño nativo, mientras deliraba sobre las charcas en que nadaba, las cazas de mapache y robos de sandías. A Ruth le sonaba a chino, pero Kid comprendía y sentía como sólo puede sentir alguien aislado durante años de la civilización.

La mañana devolvió la conciencia al hombre postrado y Malemute Kid se inclinó sobre él para captar sus susurros.

—¿Recuerdas cuando nos encontramos en el Tanana, hará cuatro años en el próximo deshielo? No me importaba mucho entonces. Creo más bien que era bonita y había un toque de emoción en todo ello. Pero, ¿sabes?, he llegado a tenerle un gran afecto. Ha sido una buena esposa para mí, siempre a mi lado en las dificultades. Y cuando llega la hora de comerciar, no hay otra igual. ¿Recuerdas aquella vez que disparó a los rápidos de Moosehorn para sacarnos a ti y a mí de esa roca, y las balas azotaban el agua como granizo? ¿Y cuando la hambruna en Nuklukyeto? ¿O cuando se adelantó al deshielo para traernos la noticia? Sí, ha sido una buena esposa para mí, mejor que la otra. ¿No sabías que estuve casado? Nunca te lo dije, ¿verdad? Pues lo ensayé una vez en Estados Unidos. Por eso estoy aquí. Habíamos crecido juntos. Me vine para darle una oportunidad de que le concedieran el divorcio. Lo consiguió.

"Pero eso no tiene nada que ver con Ruth. Pensé en recoger todo y salir para El Exterior el año que viene, ella y yo, pero es demasiado tarde. No la mandes de nuevo con su gente, Kid. Es muy duro tener que volver. ¡Piénsalo! Casi cuatro años a base de nuestra tocineta, judías, harina y fruta seca, y volver a su pescado y caribú. No es bueno que haya conocido nuestras costumbres, llegar a ver que son mejores que las de su pueblo y luego volver a ellas. Cuida de ella, Kid, ¿lo harás? No, no lo harás. Tú siempre la eludiste. Y nunca me dijiste por qué viniste a estas tierras. Sé bueno con ella y mándala a Estados Unidos en cuanto puedas. Pero arréglalo de manera que pueda volver; quizá eche esto de menos.

"Y el niño... Nos ha acercado más, Kid. Espero que sea un chico. ¡Piénsalo! Carne de mi carne, Kid. No debe quedarse en este país. Y, si es una chica, pues tampoco. Vende mis pieles; conseguirás al menos cinco mil, y tengo otras tantas en la compañía. Y administra mis intereses junto con los tuyos. Creo que se resolvería la demanda del tribunal. Cuida de que reciba una buena educación; y Kid, sobre todo, no le dejes volver. Este país no es para hombres blancos."

—Dame tres días —suplicó Malemute Kid—. Puedes mejorar; algo puede pasar.

—No.

—Sólo tres días.

—Deben seguir.

—Dos días.

—Son mi mujer y mi hijo, Kid. Tú no lo pedirías.

—Un día.

—¡No, no! Te ordeno...

—Sólo un día, lo podemos ahorrar de la comida, y quizá mate un alce.

—No. Bueno, un día, pero ni un minuto más. Y Kid, no me dejes solo para enfrentarme a ella. Sólo un disparo, un apretón de gatillo. Tú lo entiendes. ¡Piénsalo! ¡Carne de mi carne, y no viviré para verle!

"Mándame a Ruth. Quiero despedirme y decirle que piense en el niño y que no espere a que me muera. De lo contrario, podría negarse a marchar contigo. Adiós, amigo, adiós.

"Kid, quería decir... Cava un hoyo por encima de la señal, cerca de la falla. Saqué unos cuarenta centavos de oro con mi pala allí.

"¡Y Kid! —se agachó aún más para oír sus últimas palabras, la rendición del orgullo de un moribundo—. Siento lo de... ya sabes... lo de Carmen."

Dejó a la muchacha llorando suavemente sobre su hombre. Malemute Kid se puso la *parka* y las raquetas de nieve, guardó el rifle bajo el brazo y silenciosamente salió al bosque. No era ningún novato en las severas penas de las tierras del Norte, pero nunca se había enfrentado a un problema como éste. En lo abstracto estaba claro: tres posibles vidas contra una ya condenada. Pero dudaba. Durante cinco años, hombro con hombro, en los ríos y en los caminos, en los campamentos y en las minas, haciendo frente a la muerte por congelación, inundaciones y hambre, habían atado los lazos de su compañerismo. Tan apretado era el nudo, que a menudo se había dado cuenta de unos vagos celos de Ruth, desde la primera vez que entró entre ellos. Y ahora tenía que cortarlo con sus propias manos.

Aunque rezó por un alce, un solo alce, toda la caza parecía haber abandonado la tierra, y el anochecer halló al hombre exhausto, arrastrándose hacia el campamento, con las manos vacías y un gran peso en el corazón. Un alboroto de los perros y los gritos agudos de Ruth le hicieron apresurarse.

Al irrumpir en el campamento, vio a la muchacha, en medio de la jauría aullante, golpeando con el hacha. Los perros habían roto el férreo mandato de sus dueños y devoraban la comida. Se unió a la contienda con la culata del rifle y el antiguo proceso de la selección natural tuvo lugar de nuevo con la brutalidad de aquel primitivo ambiente. Rifle y hacha subían y bajaban, acertaban o fallaban con una regularidad monótona; cuerpos elásticos destellaron, con ojos salvajes y fauces babosas; y hombre y bestia lucharon por la supremacía hasta el más amargo término. Luego, las apaleadas bestias se arrastraron hasta el borde de la luz de la hoguera, lamiéndose las heridas, elevando sus quejas a las estrellas.

Habían devorado toda la provisión de salmón seco y quizá quedasen dos kilogramos de harina para sostenerlos a lo largo de trescientos kilómetros de desolación. Ruth regresó junto a su esposo, mientras Malemute Kid cortaba en pedazos el cuerpo caliente de uno de los perros, cuyo cráneo había sido aplastado por el hacha. Guardó cada trozo cuidadosamente, excepto la piel y las entrañas, que echó a los que momentos antes fueran sus compañeros.

La mañana trajo nuevos problemas. Los animales se volvían unos contra otros. Carmen, que aún se aferraba a su delgado hilo de vida, acabó devorada por la jauría. El látigo cayó sin miramientos sobre ellos. Se agachaban y aullaban bajo los golpes, pero se negaron a dispersarse hasta que el último miserable trozo hubo desaparecido: huesos, patas, pelo, todo.

Malemute Kid realizó sus tareas escuchando a Mason, que estaba de nuevo en Tennessee, pronunciando discursos enredados y violentas exhortaciones a sus hermanos de otros tiempos.

Aprovechando los pinos cercanos, trabajó rápidamente, y Ruth le observó, mientras construía un escondrijo parecido a los que a veces utilizan los cazadores para guardar la carne fuera del alcance de lobos y perros. Una tras otra dobló las copas de los pinos pequeños acercándolas casi hasta el suelo y atándolas con correas de piel de alce. Entonces sometió a golpes a los perros y los amarró a dos de los trineos, cargándolos con todo menos con las pieles que cubrían a Mason. Las envolvió y sujetó con fuerza en torno a su cuerpo, atando cada extremo de sus vestimentas a los pinos doblados. Un solo golpe con el cuchillo de caza enviaría el cuerpo a lo alto.

Ruth había recibido la última voluntad de su esposo y no ofreció resistencia. ¡Pobre muchacha! Había aprendido bien la lección de obediencia. Desde niña se había inclinado y había visto a todas las mujeres inclinarse ante los señores de la creación, y no parecía natural que una mujer se resistiera. Kid le permitió una sola expresión de dolor, mientras besaba a su esposo (su pueblo no tenía esa costumbre), luego la condujo al primer trineo y la ayudó a ponerse las raquetas de nieve. Ciega, instintivamente, tomó la vara y el látigo y azuzó a los perros hacia el camino. Entonces, volvió junto a Mason, que había entrado en coma, y, mucho después de que ella se perdiera de vista, agazapado junto al fuego, esperando, deseando, rezando para que muriera su compañero.

No es agradable estar solo con pensamientos lúgubres en el silencio blanco. El sonido de la oscuridad es piadoso, amortajándole a uno como para protegerle y exhalando mil consuelos intangibles; pero el brillante silencio blanco, claro y frío, bajo cielos de acero, es despiadado.

Pasó una hora, dos horas, pero el hombre no moría. A media tarde, el sol, sin elevar su cerco sobre el horizonte meridional, lanzó una insinuación de fuego a través de los cielos, y rápidamente la retiró. Malemute Kid se levantó y se arrastró al lado de su compañero. Lanzó una mirada a su alrededor. El silencio blanco pareció burlarse y un gran temor se apoderó de él. Sonó un disparo agudo. Mason voló a su sepulcro aéreo y Malemute Kid obligó a los perros, a latigazos, a emprender una salvaje carrera, mientras huía veloz sobre la nieve.

DEMASIADO ORO

Siendo ésta una historia —más real de lo que pudiera parecer— de una región minera, es de esperar que sea una narración de desdichas. Pero esto depende del punto de vista. *Desdicha* es un apelativo muy suave en lo que a Kink Mitchell y Hootchinoo Bill se refiere; y que ellos tienen una opinión formada en esta materia es ya cosa de dominio público en la región del Yukon.

Fue en el otoño de 1896 cuando los dos socios bajaron a la orilla este del Yukon y sacaron una canoa de Peterborough de un escondrijo cubierto de musgo. El aspecto de aquellos dos hombres era realmente desagradable. Después de un verano de exploración, abundante en privaciones y más bien escaso de alimentos, se habían quedado con la ropa hecha jirones y tan consumidos, que parecían cadáveres. Dos nubes de mosquitos zumbaban alrededor de sus cabezas. Llevaban el rostro recubierto de arcilla azulada. Cada uno guardaba una provisión de esta arcilla húmeda, y cuando se les secaba y caía de la cara, volvían a embadurnársela. Su voz revelaba a las claras el descontento y sus movimientos una irritabilidad que hablaba del sueño interrumpido y de la lucha inútil con aquellos pequeños diablos alados.

—Estos bichos hubieran sido mi muerte —gimoteó Kink Mitchell cuando la canoa, alcanzando la corriente, se apartaba de la ribera.

—¡Animo, ánimo! Ya se acabó —contestó Hootchinoo Bill, queriendo hacer cordial su voz fúnebre, que resultaba horrible—. Dentro de cuarenta minutos estaremos en Forty Mile y entonces... ¡Malditos diablejos!

Una de sus manos soltó el remo y cayó sobre el cogote en un ruidoso manotazo. Puso un nuevo emplasto de arcilla en la parte dañada, jurando furioso al mismo tiempo. A Kink Mitchell no le hizo la menor gracia. Únicamente aprovechó la oportunidad para cubrir con otra capa de arcilla su propio cogote.

Cruzaron el Yukon hacia la orilla opuesta, siguieron río abajo remando con desembarazo y, al cabo de cuarenta minutos, se deslizaron por la izquierda, rodeando la punta de una isla. Forty Mile se extendió de pronto ante ellos. Los dos hombres se enderezaron y contemplaron el espectáculo. Lo contemplaron larga y atentamente, mientras luchaban con la corriente, condensándose en sus semblantes una expresión de consternación y sorpresa. No salía una sola vedija de humo de los centenares de cabañas de troncos. No se oía el ruido de las hachas mordiendo la madera ni el de martillos y sierras. Delante del gran almacén no se veían hombres ni perros. No había barcos en la ribera, ni canoas, ni barcazas, ni botes de pértiga. El río estaba tan solitario de embarcaciones como la ciudad de vida.

—Parece como si hubiese pasado Gabriel haciendo sonar el cuerno y nos hubiese olvidado —advirtió Hootchinoo Bill.

Esta observación era casual, como si nada tuviese de insólito, igualmente que la réplica de Kink Mitchell, quien dijo:

—Parece como si todos hubieran sido Bautistas y, cogiendo los botes, se hubiesen marchado.

—Mi abuelo era Bautista —afirmó Hootchinoo Bill—; y sostenía siempre que por ahí se llegaba antes al Cielo.

Bajaron de la canoa y treparon por la elevada ribera. Al avanzar por las desiertas calles se fue apoderando de ellos una sensación de miedo. La luz del sol se derramaba plácidamente sobre la ciudad. Un vientecillo suave hacía golpear las cuerdas contra el mástil de la bandera frente a la puerta cerrada del Caledonia Dance Hall. Zumbaban los mosquitos, cantaban los petirrojos y correteaban hambrientos los gorriones entre las cabañas; pero no había ningún vestigio de vida humana.

—Me estoy muriendo de sed —dijo Hootchinoo Bill. Y su voz inconscientemente bajó de tono hasta convertirse en un ronco murmullo.

Su compañero asintió con la cabeza, para que su voz no perturbara la quietud. Andaban aprisa en medio de aquel silencio angustioso, cuando vieron con sorpresa una puerta abierta. Encima de ella, y ocupando toda la anchura del edificio, un tosco cartel anunciaba: Monte-Carlo. Junto a la puerta, un hombre tomaba el sol con el sombrero sobre los ojos y la silla inclinada hacia atrás. Era un anciano. Tenía la barba y el cabello blancos, largos y patriarcales.

—¡Juraría que es el viejo Jim Cummings, que vuelve como nosotros, pero demasiado tarde para la Resurrección! —dijo Kink Mitchell.

—Es más probable que no haya oído el cuerno de Gabriel —sugirió Hootchinoo Bill.

—¡Hola, Jim! ¡Despierta! —le gritó.

El viejo se levantó con torpeza, parpadeó y murmuró automáticamente:

—¿Qué desean los caballeros? ¿Qué desean?

Entraron tras él y se colocaron junto al largo mostrador, donde en otros tiempos apenas se daban reposo media docena de activos camareros. El gran salón, ordinariamente lleno de bullicio y de gente, estaba silencioso y oscuro como una tumba. No se oía ruido de vasos ni el rodar de las bolas de marfil. Las mesas de ruleta y de faraón se hallaban bajo sus fundas de lona, que parecían losas sepulcrales. Ya no salían del salón de baile alegres voces femeninas. Limpió el viejo Jim Cummings un vaso con sus manos de paralítico y Kink Mitchell garabateó sus iniciales en el polvo que cubría el mostrador.

—¿Dónde están las chicas? —preguntó Hootchinoo Bill con afectada alegría.

—Se han marchado —respondió el anciano con una voz tan débil y tan vieja como él y tan insegura como sus manos.

—¿Dónde están Bidwell y Barlow?

—Se han marchado.

—¿Y Sweetwater Charley?

—Se ha marchado.

—¿Y su hermana?

—También se ha marchado.

—¿Entonces tu hija Sally y su pequeño?

—Se ha marchado, todos se han marchado.

El viejo movió la cabeza tristemente, buscando distraído entre las botellas polvorientas.

—¡Gran Sardanápalo! ¿Adónde? —estalló Kink Mitchell, no pudiendo contenerse ya—. ¿Por qué no dices que habéis tenido una epidemia?

—¿Por qué te impacientas? —dijo el viejo riendo tranquilamente—.Se han ido todos a Dawson.

—Y eso, ¿qué es? —preguntó Bill—. ¿Una cueva, un bar, una plaza?

—¿No han oído nunca hablar de Dawson, eh? —replicó el viejo riendo un poco exasperado—. Pues Dawson es una ciudad, una ciudad mayor que Forty Mile. Sí, señor, mayor que Forty Mile.

—Siete años hace que estoy en el país —anunció enfáticamente Bill—, y confieso que nunca he oído nombrar ese lugar hasta ahora. Danos un poco más de este *whisky*. Tus informes me han llenado de sorpresa. Ahora, dinos: ¿dónde se halla ese Dawson de que hablas?

—En la gran llanura que hay en las bocas del Klondike —respondió el viejo Jim—. Pero, ¿dónde han estado este verano?

—No debe preocuparte eso —respondió malhumorado Kink Mitchell—. Es un sitio donde había tal cantidad de mosquitos, que para ver el sol y saber la hora había que empezar a dar palos en el aire. ¿No es eso, Bill?

—Eso mismo —dijo el interpelado—. Pero hablando de ese Dawson, ¿dónde está Jim?

—Estaba antes en la orilla de una ensenada llamada Bonanza, pero ahora allí no queda piedra sobre piedra.

—¿Quién la destruyó?

—Carmack.

Al oír mencionar el nombre del explorador, los dos socios se miraron disgustados. Después entornaron los ojos con suficiencia.

—Siwash George —dijo Hootchinoo Bill, resoplando.

—Aquel indio... —añadió Kink Mitchell con desprecio.

—Yo no me pondría las sandalias para explorar los lugares que él hubiese descubierto —dijo Bill—. Un tipo tan holgazán que no es capaz de ir a pescar su salmón. Por eso se contentó con los indios. Supongo que aquel negro cuñado suyo (creo que se llamaba Skookum Jim, ¿eh?), supongo que estará allí también.

El viejo movió la cabeza afirmativamente.

—Está allí todo Forty Mile, excepto yo y algunos inválidos.

—Y los borrachos —añadió Kink Mitchell.

—¡No, señor! —gritó enérgicamente el anciano.

—Apuesto a que el borracho Honkins no se ha ido —dijo Hootchinoo Bill.

El semblante del viejo Jim se iluminó enseguida.

—Bill, te tomo la palabra y has perdido.

—Pero, ¿ha salido de Forty Mile esa cuba vieja? —preguntó Mitchell.

—Le ataron y lo echaron en el fondo de una barcaza –explicó el viejo Jim—. Entraron aquí y le cogieron de encima de aquella mesa del rincón, y a otros tres borrachos que encontraron debajo del piano. Les digo que todos se fueron a Dawson por el Yukon: mujeres, chiquillos, niños de pecho, toda la población. Sam Scratch se marchó el último, Bidwell vino y me dijo: "Jim, quiero sacarte del Monte-Carlo. Yo me voy". "¿Dónde está Barlow?", le dije. "Se ha marchado, y yo le sigo con un cargamento de *whisky*." Y sin esperar a nada, corrió hacia el bote y se marchó, remando río arriba como un loco. Aquí me he quedado, pues, y éstas son las primeras bebidas que despacho desde hace tres días.

Los dos compañeros se miraron.

—¡Maldita sea! —dijo Hootchinoo Bill—. Éste se parece a nosotros, Kink. Es de los que siempre llegan con un tenedor cuando llueven sopas.

—¿No se les ocurriría también arrastrarnos? —dijo Kink Mitchell—. Yo no quiero nada con novatos, borrachos y ganapanes.

—Ni con indios —añadió Bill.

—Mineros de verdad, como tú y yo, Kink —prosiguió en tono de suficiencia—, y que sepan sudar por el camino de Birch Creek, ya no quedan. No hay un solo minero de veras entre toda esa inútil guarnición de Dawson; y lo repito: yo no daría un paso por ver ningún descubrimiento de ese Carmack. Antes tendría que ver el color del polvo.

—Lo mismo digo yo —convino Mitchell—. Echemos otro trago.

Habiendo tomado esta resolución, ataron la canoa a la orilla, transportaron el contenido de la misma a su cabaña y se pusieron a guisar la comida. Pero según adelantaba la tarde, aumentaba su inquietud. Eran hombres acostumbrados al silencio de los grandes desiertos, pero este silencio de muerte en una ciudad les atormentaba. Se sorprendieron acechando algún ruido familiar, esperando que algo hiciese un ruido sin querer hacerlo, como había dicho Bill. Fueron vagando por las calles desiertas hasta llegar al Monte-Carlo, donde bebieron otra copa, y se fueron a dar un paseo por la ribera, hacia el desembarcadero de los vapores, donde borboteaba el agua agitada por los remolinos y de vez en cuando algún salmón saltaba, brillando a la luz del sol.

Se sentaron a la sombra, frente a los almacenes, y hablaron con el guardián, que estaba tuberculoso, y en su misma presencia dio pruebas de su propensión a la hemorragia. Bill y Kink le comunicaron su propósito de pasar unos días en la cabaña y descansar después del rudo trabajo del verano. Le dijeron con cierta insistencia que lo mismo podía ser una verdad que una contradicción lo mucho que iban a gozar con la ociosidad. Pero el guardián no se interesaba. Llevó de nuevo la conversación hacia el descubrimiento del Klondike, y ya no pudieron sacarle de este tema. No podía pensar en nada más ni hablar de otra cosa, hasta que Hootchinoo Bill se levantó colérico y fastidiado.

—¡Maldito Dawson, digo yo! —gritó.

—Y yo también —dijo riendo Kink Mitchell—. Cualquiera creería que allí se hace algo, cuando no hay más que una cuadrilla de tontos.

Pero por la parte baja del río vieron llegar un bote. Era largo y estrecho. Pasó rozando la orilla y sus tres tripulantes, puestos de pie, lo impulsaron contra la ruda corriente mediante los largos remos.

—Gente de Circle City —dijo el guardián—. Desde donde vienen hasta Forty Mile hay doscientos setenta y tres kilómetros. Pero, ¡anda, qué bien han aprovechado el tiempo!

—Nos sentaremos aquí para observarles —dijo complaciente Bill.

Mientras hablaba, vieron llegar otro bote, seguido poco después de otros dos. Entretanto, el primer bote se deslizaba a lo largo de la orilla. Sus remeros no cesaban de bogar al mismo tiempo que se cambiaban saludos, y aunque sus progresos no eran muchos, media hora después se había perdido de vista río arriba.

Y seguían llegando más botes, uno detrás de otro, en interminable procesión. El desasosiego de Kink y de Bill aumentaba. Se observaban atentamente y con disimulo, y cuando sus ojos se encontraban, los desviaban turbados. No obstante, al fin se encontraron y ya no los desviaron.

Kink abrió la boca para hablar, pero le faltó la palabra y permaneció con la boca abierta, mientras seguía mirando a su compañero.

—Precisamente eso es lo que yo pensaba, Kink —dijo Bill.

Cambiaron unas muecas incoherentes, y por un acuerdo tácito se levantaron y se fueron. Apresuraron el paso tanto, que, cuando llegaron a su cabaña, iban corriendo:

—No tenemos tiempo que perder con esa multitud que se precipita hacia allá —dijo Kink con voz alterada, al tiempo que metía atolondradamente con una mano el tarro de la levadura en la olla de las habas y con la otra cogía la sartén y la cafetera.

—No digo que no —respondió Bill, con la cabeza y los hombros hundidos en un saco de viaje donde había provisión de calcetines y ropa interior—. Kink, no olvides el salero que está en el rincón del estante, detrás de la estufa.

Media hora después habían botado al agua la canoa y la cargaban, mientras el guardián del almacén hacia jocosas observaciones acerca de los pobres mortales y del contagio de la “fiebre exploradora”. Pero cuando Kink y Bill hundieron sus largos remos y dirigieron la canoa hacia la corriente, les gritó:

—¡Ea, buen viaje! ¡Y no olviden de encender una hoguera o dos para mí!

Movieron vigorosamente la cabeza y compadecieron al pobre diablo que se quedaba allí contra su voluntad.

Kink y Bill sudaban de veras. Según la Escritura del Norte, el más rápido es el que halla el oro, el fuego de las hogueras es para el más fuerte, y la Corona de la realeza reúne la plenitud de todas estas cosas. Kink y Bill eran ambos ágiles y fuertes. Emprendieron la senda acuática con movimientos largos e impetuosos que descorazonaron a un par de novatos que trataban de seguirles. Detrás de ellos formaba hilera la vanguardia de la guarnición de Circle City. En la carrera desde Forty Mile, los dos socios habían adelantado a todas las canoas, alcanzando al primer bote en el remolino de Dawson, y en el momento en que pusieron pie a tierra, habían dejado a sus tripulantes a una distancia lamentable.

—¡Oh, el humo les impide vernos —dijo Hootchinoo encantado, secándose el sudor de la frente y mirando rápidamente a lo largo de la ruta que acababan de recorrer.

Tres hombres salieron del lugar en que el camino se metía entre los árboles. Otros dos les seguían de cerca y luego aparecieron un hombre y una mujer.

—¡Corre, Kink! ¡Cógela, cógela!

Bill apresuró el paso, Mitchell miró hacia atrás con más detención.

—¡Me parece que están desgajados!

—Aquí hay uno que se ha soltado ya —dijo Bill señalando a un lado del camino.

Un hombre yacía sobre la espalda, jadeante en el último periodo de agotamiento. Tenía el rostro pálido, los ojos enrojecidos y vidriosos, y todo su aspecto era el de un moribundo.

—¡*Chechaquo*! —gruñó Kink Mitchell. Y este gruñido era el mismo que dirigía al principiante, al "levadura" y al hombre que con aptitudes para prosperar perdía el tiempo en trabajos de poca monta.

Los dos compañeros, fieles a su antigua costumbre, habían intentado arriesgarse desde allí bajando por el río; pero cuando vieron clavado en un árbol un aviso de hallarse acotado aquello y que decía "130 más abajo" (trece largos kilómetros más abajo de Discovery), cambiaron de parecer. Cubrieron los trece kilómetros en menos de dos horas. Aquel paso por una senda tan áspera era extenuante, y dejaron atrás a varios grupos de hombres exhaustos que habían caído fuera del camino.

En Discovery, la ensenada superior, no había indicación alguna. El indio Skookum Jim, cuñado de Carmack, tenía una vaga idea de que en ella habían estacas hasta la altura del 48; pero cuando Kink y Bill vieron las estacas de propiedad en los ángulos que indicaban "127 más arriba", se descargaron de las mochilas y se sentaron a fumar. Todos sus esfuerzos habían sido vanos. El Bonanza tenía estacas desde su desembocadura hasta su fuente... "Está tomado todo lo que alcanza la vista y hasta a través de la vertiente próxima", se lamentaba Bill aquella noche, mientras freían el tocino y hervían el café sobre el fuego de Carmack en Discovery.

—Prueben por este cachorrillo —sugirió Carmack a la mañana siguiente.

"Este cachorrillo" era un ancho arroyo que desaguaba en el Bonanza por cerca de "11 más arriba". Los compañeros recibieron este consejo con el magnífico desprecio con que el indio ve al "levadura". Pasaron el día en el arroyo de Adam, otro tributario del Bonanza; pero volvían a la vieja historia: estacas hasta el confín del horizonte.

Durante tres días, Carmack repitió el consejo, y durante tres días lo recibieron desdeñosamente. Pero al cuarto, no sabiendo ya adonde ir, subieron por aquel "cachorrillo". Sabían que no estaba estacado, pero no llevaban intención de estacarlo. El viaje lo hacían más con el propósito de desahogar su mal humor que por otra cosa. Habían llegado a hacerse completamente cínicos, escépticos. Se burlaban y mofaban de todo e insultaba a todos los *chechaquos* que encontraban por el camino.

En el número 37 terminaban las estacas. El resto de la ensenada quedaba libre para poder ocuparse.

—Pasto de alces —dijo burlón Kink Mitchell.

Pero Bill se apartó unos ciento cincuenta metros del riachuelo y prendió fuego a las estacas del ángulo. Había recogido el fondo de una caja de velas y en la parte lisa escribió este anuncio, para colgarlo en la estaca del centro:

ESTE PASTO DE ALCES ESTÁ RESERVADO
PARA LOS SUECOS Y *CHECHAQUOS*.
BILL RADER

Kink lo leyó, aprobándolo, y dijo:

—Como ésta es la expresión de mis propios sentimientos, estimo que también yo debo firmar.

Así, pues, se añadió el nombre de Charles Mitchell al anuncio, y aquel día muchos viejos rostros de levadura se detuvieron ante aquella obra.

—¿Cómo va el cachorrillo? —inquirió Carmack cuando regresaron al campamento.

—¡Al infierno con los cachorros! —replicó Hootchinnoo Bill—. Yo y Kink iremos en busca de Demasiado Oro cuando hayamos descansado.

Demasiado Oro era la ensenada fabulosa con que soñaban todos los rostros de levadura, donde se decía que el oro eran tan abundante, que para lavarlo había que echar la arena con una pala a las esclusas. Pero el descanso de varios días que debía preceder a la busca de Demasiado Oro trajo un ligero cambio a sus planes consistente en la intervención de un sueco llamado Ans Handerson.

Ans Handerson había trabajado a jornal durante todo el verano en Miller Creek, más arriba de Sixty Mile, y una vez concluida la estación, había errado desamparado y a la ventura por Bonanza, lo mismo que otros muchos expertos en la busca del oro, que recorrían el país en todas direcciones. Era alto y delgado. Tenía los brazos largos como un hombre prehistórico —y sus manos que parecían platos soperos, estaban torcidas y nudosas, con las articulaciones desarrolladas por el trabajo. Era lento de palabra y movimientos, y sus ojos, de un azul tan pálido como el amarillo de su cabello, parecían llenos de un sueño inmortal, cuya esencia no conocía ningún hombre, él menos que nadie. Tal vez esta apariencia de sueño inmortal era debida a una suprema y vacua inocencia. Al menos, éste es el concepto que de él tenían formado los hombres de arcilla vulgar; y en la composición de Hootchinoo Bill y Kink Mitchell no había nada de extraordinario.

Los dos socios habían pasado el día entre visitas y chismorreos y por la noche habían encontrado en el alegre barrio del Monte-Carlo una gran tienda donde los buscadores de oro daban descanso a sus huesos fatigados y se vendía mal *whisky* a un dólar la copa. Pero como la única moneda que circulaba era el polvo de oro, y como la casa ponía el "peso bajo" en la balanza, una copa costaba algo más de un dólar. Bill y Kink no bebían por la razón fundamental de que el único saco que poseían en común no era lo bastante fuerte para resistir muchas excursiones a la balanza.

—Mira, Bill, he tenido en vilo a un *chechaquo* por un saco de harina —anunció Mitchell alegremente.

Bill le miró, interesado y complacido. La comida andaba escasa y no estaban muy sobrados de provisiones para salir en busca de Demasiado Oro.

—La harina vale un dólar la libra —repuso—. ¿Cómo calculaste para meterte en eso?

—Vendemos la mitad de nuestros derechos sobre la concesión —respondió Kink.

—¿Qué concesión? —preguntó Bill, sorprendido.

Entonces recordó la restricción que había hecho para los suecos, y dijo:

—¡Oh!

—Yo no sería tan exigente acerca de ello —añadió—. Dalo todo, mientras puedas, con mano liberal...

Bill movió la cabeza.

—Si lo hiciese así, se llevarían las tajadas sin ensuciarse las manos. Yo digo que, puesto que se cree que vale algo la tierra, les dejaremos la mitad, porque estamos terriblemente escasos de medios. Falta que nadie se fije en nuestro anuncio —objetó Bill, a pesar de que estaba sinceramente complacido ante la perspectiva de cambiar la concesión por un saco de harina.

—Es el numero 24 y continúa en pie —aseguró Kink—. Los *chechaquos* lo tomaron en serio y empezaron a estacar de allí en adelante. También estacaron por completo hasta más allá de la división. Yo lo estaba observando y vi a uno de ellos que lo tomó con tanto entusiasmo, que le dieron calambres en las piernas.

Entonces fue cuando oyeron por primera vez el hablar lento y chapurreado de Ans Handerson.

—Me gusta esa perspectiva —decía al cafetero—. Yo creo que ya tengo una concesión.

Los dos socios cambiaron una señal y, pocos minutos después, un sueco admirado y agradecido bebía mal *whisky* con dos extranjeros de duro corazón. El saco hacía frecuentes viajes a la balanza, seguido cada vez por los solícitos ojos de Kink Mitchell, sin que Ans Handerson perdiera terreno. En sus ojos azul pálido, como el mar en verano, flotaban y ardían sueños infinitos, pero era debido más a las historias de oro y a los proyectos esbozados que oía, que al *whisky* que tan fácilmente se deslizaba por su garganta.

Hootchinoo y Kink estaban desesperados, pero se mostraban decidores y hablaban y se movían alegremente.

—No se preocupe de mí, amigo —decía entre hipos Hootchinoo Bill, con la mano puesta sobre el hombro de Ans Handerson—. Beba otra copa. Precisamente estamos celebrando el cumpleaños de Kink. Éste es mi socio, Kink, Kink Mitchell. Y usted, ¿usted cómo se llama?

Su mano cayó retumbando sobre la espalda de Kink y éste fingió un torpe dominio de sí mismo, ya que por el momento era el festejado, mientras Ans Handerson, que parecía complacido, les ofrecía unas copas. Cuando mayor era el entusiasmo, aprovechó Kink la primera oportunidad para hablar privadamente con Bidwell, propietario de aquel mal *whisky* y de la tienda.

—Ahí va mi saco, Bidwell—dijo Kink con la seguridad e intimidad de viejos amigos—. Que por un día o algo así pese cincuenta dólares y Bill y yo seremos tuyos en cuerpo y alma.

Después de esto, los viajes a la balanza fueron más frecuentes y la celebración del cumpleaños de Kink se hizo más ruidosa. Hasta trató de cantar la clásica canción "El juicio de la fruta prohibida"; pero no le salió bien y ahogó su turbación en otra ronda de *whisky*. Hasta Bidwell les obsequió con un par de rondas por cuenta de la casa; y él y Bill estaban decentemente borrachos cuando a Ans Handerson empezaron a cerrársele los párpados y su lengua pareció que iba a desatarse.

Bill se hizo más afectuoso y después confidencial. Contó sus apuros y su mala estrella al cafetero y al mundo en general, y a Ans Handerson en particular. No necesitó de gran fuerza histriónica para representar su papel. El mal *whisky* se encargó de ello. Sintió una verdadera pena por él y por Bill, y sus lágrimas eran demasiado sinceras cuando dijo que su socio y él pensaban vender la mitad de sus derechos sobre una buena concesión sólo porque andaban escasos de fondos.

Hasta Kink le escuchaba y le creía.

Y los ojos de Ans Handerson brillaron cruelmente cuando preguntó:

—¿Cuánto piensan pedir?

Bill y Kink no lo oyeron y se vio obligado a repetir la pregunta. Ellos mostraron cierta repugnancia. Handerson se enardeció. Paseaba de arriba a abajo, se dirigía hacia el mostrador y esperaba atentamente, en tanto que ellos conferenciaban aparte, disputando sobre si debían vender o no, y fingiendo no estar de acuerdo en el precio que debían pedir.

—Doscientos... ¡hic!... cincuenta —anunció Bill finalmente—. Pero creemos que no debemos vender.

—Es monstruoso, digo yo, si se me permite dar mi opinión —secundó Bidwell.

—Sí, verdaderamente —añadió Kink—. No es éste un negocio de caridad y no estamos para abandonarlo generosamente en manos de suecos.

—Me parece que podríamos beber otra copa —dijo Ans Handerson, cambiando de asunto astutamente, en espera de otra ocasión más propicia.

Y después, para suscitar esta ocasión favorable, su propio saco empezó a correr desde el bolsillo hasta la balanza. Bill y Kink se pusieron en guardia, pero finalmente se rindieron a sus halagos. Luego, Ans Handerson se hizo más reservado y se llevó aparte a Bidwell. Se tambaleaba lamentablemente y se apoyó en Bidwell al preguntar:

—¿Crees que son cabales estos hombres?

—Sin duda alguna —respondió calurosamente Bidwell—. Les conozco desde hace años. Viejos levaduras. Cuando venden una concesión, la venden. No son unos farsantes.

—Creo que compro —anunció Ans Handerson, mientras se dirigía tambaleándose hacia los dos hombres.

Pero en aquel momento, como si estuviese soñando profundamente, dijo que quería toda la concesión o nada. Esto causó gran pena a Hootchinoo Bill. Peroró elocuentemente contra la "avidez" de los *chechaquos* y suecos, si bien entre periodo y periodo cabeceaba; su voz se fue debilitando hasta convertirse en un estertor y finalmente hundió la cabeza en el pecho. Y aunque Kink y Bidwell le hicieron gestos, él no dejaba de lanzar su descarga de ultrajes e insultos.

Ans Handerson conservaba la calma a pesar de todo. Cada insulto añadía valor a la concesión. Tan desagradable resistencia a vender sólo le indicaba que el negocio era favorable, y sintió gran alivio cuando

Hootchinoo Bill cayó al fin al suelo roncando y quedó libre para dirigir su atención hacia el otro socio, menos intratable.

Kink Mitchell era más fácil de persuadir, aunque era un pobre matemático. Lloraba lastimeramente, pero consintió en vender la mitad de los derechos por doscientos cincuenta dólares, o bien, todos por setecientos cincuenta. Ans Handerson y Bidwell se esforzaron en aclarar sus ideas erróneas respecto de las fracciones, pero fue en vano. Derramó lágrimas y lamentos por todo el bar y sobre el pecho de aquellos hombres, mas las lágrimas no borraron su opinión de que si una mitad valía doscientos cincuenta, dos mitades debían valer tres veces más.

Al fin —y el mismo Bidwell no recordaba sino muy vagamente cómo había terminado la noche— se extendió un contrato de venta mediante el cual Bill Rader y Charles Mitchell cedían todo derecho y título a la concesión conocida con el nombre de 24 El dorado, nombre que recibió el arroyo de algún *chechaquo* optimista.

Cuando Kink hubo firmado, fueron necesarios esfuerzos de los tres hombres para levantar a Bill. Con la pluma en la mano, recorrió todo el documento, y cada vez que oscilaba hacia atrás o hacia adelante, en los ojos de Ans Handerson se encendía y se apagaba una maravillosa visión de oro.

Cuando, al fin, la preciosa firma estuvo incorporada y el polvo pagado del todo, suspiró profundamente y se tumbó a dormir debajo de una mesa, donde soñó cosas inmortales hasta que se hizo de día.

Pero el día era frío y gris. Se sintió mal. Su primer movimiento, inconsciente y automático, fue palpar el saco, y su ligereza le sobresaltó. Después, poco a poco, los recuerdos de la noche se fueron agolpando en su cerebro. Distrajéronle unas voces rudas. Abrió los ojos y salió de debajo de la mesa. Una pareja de madrugadores, o más bien, de hombres que habían estado de camino toda la noche, vociferaban sobre la absoluta carencia de valor de la ensenada de Eldorado. Se asustó, se tentó el bolsillo y halló el título de propiedad de 24 Eldorado.

Diez minutos después, un sueco enfurecido sacaba de entre las mantas a Hootchinoo Bill y a Kink Mitchell, y se empeñaba en devolverles un trozo de papel sucio y emborronado.

—Yo creo que me devuelven mi dinero —dijo en su jerigonza—. Yo creo que me devuelven mi dinero.

Había lágrimas en su voz y en sus ojos. Y cuando se arrodilló ante ellos defendiéndose e implorando, rodaron abundantes por sus mejillas. Pero Bill y Kink no se rieron. Para ello hubiese sido menester corazones más duros que los suyos.

—Es la primera vez que oigo llorar a un hombre por haber comprado una mina —dijo Bill—. Y lo digo francamente: me parece imposible.

—Lo mismo digo yo —advirtió Kink Mitchell—. Los negocios de minas son como los tratos de caballos.

Era sincero su asombro. Ellos no se creían capaces por haber hecho una transacción, así que no lo comprendían en otro hombre.

—¡Infeliz *chechaquo*! —murmuró Hootchinoo Bill mientras miraba al pobre sueco desaparecer por el camino.

—Esto no es Demasiado Oro —dijo Kink Mitchell.

Y antes de que terminara el día, compraron harina y tocino a precios exorbitantes con el polvo de Ans Handerson y abandonaron la comarca en dirección de los arroyos que se hallan entre el Klondike y el Indian River.

Tres meses después volvían a pasar por allí en medio de un temporal de nieve, y se extraviaron por el camino de 24 Eldorado. Fue mera casualidad su paso por este paraje. No iban en busca de la concesión, y a través de la blancura no se dieron cuenta de que andaban cerca hasta que pusieron el pie en ella.

Y entonces se despejó el aire y vieron un hoyo que un hombre llenaba valiéndose de una polea. Vieron también cómo sacaba de un agujero un cubo lleno de arena y lo inclinaba en el borde del hoyo. Asimismo, vieron a otro hombre, que les era conocido, y que llenaba otra vasija con la arena recién sacada. Tenía las manos grandes, el cabello de un rubio pálido. Pero antes de que pudieran alcanzarle, se había alejado con la vasija en dirección hacia la cabaña. No llevaba sombrero y la nieve que le resbalaba por el cuello era en gran parte la causa de su prisa. Bill y Klink corrieron tras él y le sorprendieron en la cabaña arrodillado junto a la estufa, lavando la arena del recipiente en un cubo de agua. Estaba tan absorto, que no se percató de que alguien había entrado en la cabaña. Se quedaron detrás de él mirando lo que hacía. Imprimía al cubo un movimiento circular, deteniéndose a veces para recoger con los dedos las partículas mayores de arena. El agua estaba turbia y, con la vasija hundida en ella, no podían ver el contenido. De pronto, levantó la vasija y tiró el agua con un gesto rápido. En el fondo se veía una masa amarilla que parecía manteca encerrada en una mantequera.

Hootchinoo Bill tragó saliva. Nunca en su vida había soñado con una prueba tan rica.

—¡Vaya un espesor, amigo! —dijo con aspereza—. ¿Cuánto crees que puede haber?

Ans Handerson no levantó la vista al replicar:

—Yo creo que cincuenta onzas.

—Entonces, debes estar inmensamente rico, ¿eh?...

Ans Handerson bajó más la cabeza, ocupado en levantar las últimas partículas de arena, pero respondió:

—Creo que valgo quinientos mil dólares.

—¡Diablo! —dijo Hootchinoo Bill con respeto.

—Sí, Bill, ¡diablo! —repitió Kink Mitchell.

Y salieron despacio, cerrando la puerta tras ellos.

EL INEVITABLE HOMBRE BLANCO

—El negro nunca comprenderá al blanco ni el blanco al negro, mientras lo negro sea negro y lo blanco, blanco.

Eso me dijo el capitán Woodward.

Estábamos sentados en la taberna de Charley Roberts, en Apia, bebiendo Abu Hameds, preparados y acompañados por el antes mencionado Charley Roberts, quien aseguraba haber recibido la fórmula del propio Stevens, famoso por inventarla a impulsos de la sed del Nilo; me refiero a Stevens, el que escribió *Con Kitchener a Kartum* y que, luego, murió en el sitio de Ladysmith, durante la guerra de los boers.

El capitán Woodward, bajo y fornido, ya maduro, quemado por cuarenta años de sol tropical y con los ojos pardos más hermosos que he visto en un hombre, hablaba con la autoridad de su vasta experiencia. La red de cicatrices que le cubría la calva indicaba intimidad con los nativos a través de las mazas de guerra, e idéntica intimidad delataba la cicatriz que le corría en el lado derecho del cuello, donde le clavaron una flecha que tuvo que arrancarse él mismo. Según explicaba, en aquella ocasión tenía mucha prisa y la flecha le detuvo en su carrera, por lo que consideró que no disponía de tiempo para romper la punta y sacársela por el mismo sitio que entrara, como suele hacerse. En la época a la que me refiero, capitaneaba el *Savaii*, un enorme vapor dedicado a la recluta de mano de obra por las islas del Oeste, con destino a las plantaciones alemanas de Samoa.

—Casi todos los problemas nacen de la estupidez del hombre blanco —comentó Roberts, haciendo una pausa para beber un trago del vaso que sostenía y maldecir, en términos afectuosos, al nativo encargado de la barra—. Si el hombre blanco hiciese un esfuerzo para intentar comprender cómo funciona la mente del negro, podrían evitarse la mayoría de los líos.

—He conocido algunos que afirmaban conocer a los indígenas —dijo el capitán Woodward— y siempre me sorprendió que fuesen los primeros a quienes se *kaikai*.[1] Es el caso de los misioneros de Nueva Guinea, de las Nuevas Hébridas, de la isla mártir de Erromanga y de todas las demás. Es, asimismo, el caso de la expedición austriaca a la que hicieron picadillo en las Salomón, en plena selva de Guadalcanal. Y, por último, el de todos esos traficantes, con años de experiencia, que se ufanan de que ningún negro va a jugársela y cuyas cabezas están adornando sus chozas. Ahí tienen, por ejemplo, al viejo Johnny Simons, con veintiséis años en los peores lugares de la Melanesia y que juraba que conocía a los negros como a sí mismo, por lo que no iban nunca a propasarse con él, y que murió en la Laguna de Marovo, en Nueva Georgia, donde una *black Mary*[2] y un viejo cojo, al que un tiburón le había arrancado la pierna mientras buceaba en la laguna, le aserraron la cabeza. También está Bill Watts, con su espantosa fama de matanegros, un tipo capaz de asustar al propio Diablo. Recuerdo que me encontraba en Cape Little, Nueva Irlanda, ya saben, cuando los nativos le robaron media caja de tabaco, que le había costado unos tres dólares y medio. Como represalia, mató a seis de ellos y les destrozó las canoas de guerra, aparte de incendiar dos poblados. Y fue precisamente en Cape Little donde lo degollaron, cuatro años después, al mismo tiempo que a los cincuenta indígenas buku que le acompañaban a pescar ostras. En cinco minutos habían acabado con todos, excepto con tres, que pudieron escapar en una canoa. Que no me hablen de comprender a los negros.

---

1 Se "comían", en lengua nativa. [N. del E].

2 Una "mujer nativa". [N. del E].

La misión del hombre blanco es hacer girar el mundo y esa tarea ya le viene grande. ¿Qué tiempo le queda para comprender al negro?

—Exacto —convino Roberts—. Y, al fin y al cabo, no creo necesario entender al negro. En proporción directa a la estupidez del hombre blanco, está su éxito en hacer que el mundo gire...

—Y en llevar el temor de Dios al corazón de los nativos —le interrumpió el capitán—. Puede que esté en lo cierto, Roberts. Puede que sea su misma estupidez la que le hace triunfar y, seguramente, uno de los aspectos de esa estupidez es su incapacidad para comprender a los negros. Sin embargo, hay una cosa cierta: el hombre blanco debe gobernar a los negros, les entienda o no. Es inevitable. Es su destino.

—Desde luego que el hombre blanco es inevitable y que es el destino del negro —aprobó Roberts—. Díganle a un blanco que hay ostras perlíferas en cualquier laguna, infestada por no menos de diez mil escandalosos caníbales, y se irá hacia allí, sin más compañía que media docena de buceadores canacas y un despertador, a modo de cronómetro, todos apretujados, igual que sardinas en lata, a bordo de un queche de cinco toneladas. Hagan correr el rumor de que se ha descubierto oro en el Polo Norte y esa misma inevitable criatura de piel blanca se pondrá en marcha enseguida, sin otro equipo que una azada, una pala, una lonja de tocino y la perforadora más moderna que pueda encontrar; y lo curioso es que llegará hasta el fin. Indíquenle que hay diamantes en los propios muros del Infierno y el señor hombre blanco no dudará en asaltarlos y en obligar a Satán a que maneje la pala. Eso es lo que tiene el ser estúpido e inevitable.

—Me gustaría saber lo que opinan los nativos de esa inevitabilidad —dije.

El capitán Woodward rió quedamente. En sus ojos brillaba el relámpago de un recuerdo.

—Me estoy preguntando qué pensarían los nativos de Malu, y qué deben seguir pensando del blanco inevitable que teníamos a bordo, cuando los visitamos con el *Duchess* —explicó.

Roberts nos preparó tres Abu Hameds más.

—De eso hace veinte años. Se llamaba Saxtorph. Era, desde luego, el hombre más estúpido que he conocido, pero, asimismo, tan inevitable como la muerte. Sólo había una cosa que aquel tipo supiera hacer bien: disparar. Recuerdo la primera vez que nos encontramos. Fue aquí, en Apia, hace ya veinte años. Ocurrió antes de que tú llegaras, Roberts. Me alojaba en el hotel de Dutch Henry, que estaba donde después levantaron el mercado. ¿Nadie lo conoció? Reunió una fortuna con el contrabando de armas a los rebeldes, vendió el hotel y lo mataron en Sidney seis semanas más tarde, en una pelea de taberna.

"Bueno, volviendo a Saxtorph. Cierta noche, acababa de dormirme, cuando un par de gatos inició un concierto en el patio. Salté de la cama con un jarro en la mano. Pero, en aquel preciso instante, oí que se abría la ventana de la habitación contigua. Sonaron dos disparos y volvieron a cerrar. Me resulta imposible darles una idea de la rapidez del trabajo. Fue cosa de diez segundos, como mucho. Ventana abierta, dos disparos de revólver y vuelta a cerrar. Quienquiera que fuese, no se entretuvo para ver si había dado en el blanco. Lo sabía. Comprenden? 'Lo sabía.' No se oyeron más gatos y, a la mañana siguiente, se encontró a los dos culpables totalmente tiesos. Entonces lo creí cosa de magia y aún me lo parece. Ante todo, no había más luz que la de las estrellas y Saxtorph disparó sin apuntar. Segundo, lo hizo tan rápido, que las dos detonaciones parecieron una sola. Y, por último, supo que había acertado sin necesidad de comprobarlo.

"Dos días más tarde, vino a bordo para verme. Yo, entonces, era tercer oficial en el *Duchess*, un magnífico bergantín negrero, de ciento cincuenta toneladas. Y quiero advertirles que, en aquella época, los negreros eran verdaderamente negreros. No había inspectores del gobierno ni tampoco teníamos su protección. Suponía un trabajo muy duro, de intercambios, de marcharse en cuanto concluíamos y del que no se hacían comentarios. Nos llevábamos gente de todas las islas en que no lograban detenernos. Bien, pues Saxtorph vino a bordo. John Saxtorph fue como dijo llamarse. Era un hombre bajito, desvaído, de cabello desvaído, piel desvaída y ojos también desvaídos. Tenía un alma tan neutral como sus colores. Explicó que estaba sin un centavo y que quería embarcarse. No le importaba ser grumete, cocinero, sobrecargo o simple tripulante. Nada sabía de esos trabajos, pero afirmó que estaba dispuesto a aprenderlos. Al principio no quise aceptarle, pero su puntería me había impresionado de tal modo que le admití como simple marinero, con un sueldo de tres libras mensuales.

"Desde luego, debe reconocerse que estaba dispuesto a aprender. Pero constitucionalmente era incapaz de aprender nada. Le resultaba tan difícil seguir la brújula como a mí mezclar las bebidas igual que Roberts. En cuanto a la maniobra, me hizo salir las primeras canas. Jamás me atreví a confiarle el timón con mar gruesa y las voces de mando le resultaban misterios insolubles. No supo la diferencia entre las distintas velas; simplemente no lo entendía. Todas le parecían la misma. De mandarle que arriase una, antes de que nadie se diera cuenta, había arriado otra distinta. Se cayó por la borda lo menos tres veces y no sabía nadar. Sin embargo, siempre estaba de buen humor, no se mareaba nunca y era el hombre de mejor voluntad que he conocido. Se mostraba poco comunicativo. Su historia, por lo que a nosotros concierne, comenzaba el mismo día en que se enroló en el *Duchess*. Sólo las estrellas pueden decirnos dónde aprendió a disparar. Era yanqui; eso es lo único que averiguamos, a causa de su acento. Y eso fue todo lo que llegamos a saber.

"Y, ahora, nos acercamos al asunto. Habíamos tenido mala suerte en las Nuevas Hébridas, pues, en dos semanas, sólo logramos reunir catorce indígenas, por lo que decidimos tomar rumbo sudeste, hacia las Salomón. Malaita, entonces, igual que ahora, era buena tierra para reclutar gente y arribamos a Malu, en el extremo noroeste. Hay un arrecife en la playa y otro en la bocana lo que acaba por ponerte nervioso. No obstante, realizamos la maniobra sin novedad e hicimos algunos disparos, como señal a los negros de que bajasen a dejarse reclutar. En tres días no conseguimos nada. Los indígenas se acercaban al bergantín a centenares, a bordo de sus canoas, pero se reían cuando les mostrábamos los collares de cuentas, las piezas de calicó y las hachas, mientras se les alababan las delicias del trabajo en las plantaciones de Samoa.

"El cuarto día hubo un cambio. Cincuenta nativos se alistaron y se les acomodó en el sollado, con libertad para salir a cubierta, naturalmente. Es innegable que, al recordarlo, ese alistamiento en masa resultaba sospechoso, pero, en aquel momento, supusimos que algún alto jefe había retirado su prohibición. En la mañana del quinto día, nuestros dos botes se dirigieron a la playa, como de costumbre, uno para cubrir al otro, en caso de complicaciones. Y, como de costumbre, los cincuenta negros estaban en cubierta, holgazaneando, charlando, fumando o dormidos al sol. A bordo no quedábamos más que Saxtorph, yo y cuatro marineros. Los dos botes los tripulaban indígenas de las Gilbert. En uno de ellos iban el capitán, el sobrecargo y el agente reclutador. En el otro, que era de cobertura y se mantenía a unas cien yardas de la playa, el segundo oficial. En ambas embarcaciones se había armado a todo el mundo, aunque no esperábamos alboroto.

"Tres de los marineros y Saxtorph rascaban la toldilla de popa. El cuarto, rifle al brazo, montaba guardia junto al tanque de agua, ante el palo mayor. Yo me encontraba a proa, dándole los últimos toques a una nueva boca de cangrejo, para el pico trinquete.

Me disponía a recoger la pipa de donde la había dejado, cuando oí un tiro en la playa. Me levanté para ver lo que ocurría. Entonces me golpearon en la nuca, dejándome medio aturdido y de bruces sobre la cubierta. Lo primero que pensé es que algo se había desenganchado, pero conforme caía y antes de dar en el suelo, advertí el infernal tabletear de los rifles y, al volverme, pude ver al marinero que montaba la guardia. Dos nativos enormes le estaban sujetando los brazos, mientras un tercero le partía el cráneo a golpes de maza.

"Aún me parece verlo, el tanque de agua, el palo mayor, el grupo que aferraba al centinela y la maza que iba cayéndole sobre la cabeza; todo bajo un sol cegador. Me sentí fascinado por aquella viva imagen de la muerte. La maza semejaba invertir mucho tiempo en descargar cada golpe. Vi cómo alcanzaba su objetivo y cómo se doblaron las piernas del centinela. Los indígenas le sostuvieron a pulso, para golpearle un par de veces más. Entonces, yo recibí otro tanto y me consideré muerto. Lo mismo pensó el bestia que me atizaba. Me sentía incapaz de moverme y me quedé allí, viendo cómo le cercenaban la cabeza al centinela. Debo reconocer que lo hicieron con mucha limpieza. Eran verdaderos profesionales.

"En la playa había cesado el tiroteo y no me cupo la menor duda acerca de la suerte de los que iban en los botes, así como de que todo estaba perdido. Era sólo cuestión de minutos que volviesen por mi cabeza. Seguramente, entonces se entretenían en cortárselas a los marineros de popa. En Malaita se cotizan mucho las cabezas humanas, especialmente las de los blancos. Ignoro los encantos decorativos que pueden tener para los bosquimanos, pero las aprecian tanto como los ribereños.

"Tuve, entonces, el vago instinto de escapar y me arrastré, con las manos y las rodillas, hacia la borda, donde pude ponerme en pie. Desde allí, miré a popa y vi tres cabezas sobre la cabina, las de los tres marineros a quienes estuve dando órdenes durante meses. Los salvajes me descubrieron y vinieron hacia mí. Busque mi revólver, pero comprobé que me lo habían quitado. No puedo decir que tuviese miedo. Varias veces me he visto cerca de la muerte, pero en ninguna de ellas parecía tan próxima como en aquel momento. Me sentía aturdido, sin que nada me importase.

"El salvaje que los capitaneaba se había armado con un cuchillo de cocina y gesticulaba como un mico mientras de la boca le manaba un hilo de sangre. Muy apagado, pude oír un disparo de rifle, al que siguieron otros más. Varios indígenas se desplomaron en rápida sucesión. Comenzó a aclarárseme la cabeza y advertí que no fallaba ni un solo disparo. A cada uno, caía un negro. Me senté en la cubierta, junto a la borda, y miré en torno mío. Agazapado, tras la cruceta de juanete, se encontraba Saxtorph. No puedo imaginar cómo lo consiguió, pero el hecho es que tenía dos *winchesters* y un buen número de cananas. En aquellos momentos se dedicaba a lo único para lo que estaba verdaderamente capacitado.

"He visto tiroteos y matanzas, pero jamás presencié algo semejante. Seguí sentado junto a la borda, contemplando el espectáculo. Estaba débil y me sentía a punto de desmayarme, por lo que cuanto ocurría semejaba un sueño. El rifle no cesaba de disparar ni los negros de desplomarse sobre cubierta. Era sorprendente verles caer. Tras su primera embestida para alcanzarme, cuando ya había muerto una docena, quedaron como paralizados. Pero él no dejó, ni por un momento, de seguir dándole gusto al dedo. Para entonces, llegaron, desde la playa, los dos botes y las canoas, con las armas que les habían quitado a los marineros. La descarga que le largaron a Saxtorph fue tremenda. Pero, por suerte para él, los indígenas sólo aciertan a corta distancia. Esperan hasta estar junto al adversario y, entonces, disparan desde la cadera. Cuando el *winchester* se calentó demasiado, Saxtorph lo cambió. Con ese propósito había tomado dos rifles.

"Lo que más me sorprendió fue la rapidez de sus disparos. Y no fallaba uno. Si en este mundo ha habido algo inevitable, era, sin duda, aquel hombre. La celeridad con la que se desarrollaba hacía más horrible la matanza. A los negros no les quedaba ni tiempo para pensar. Y los que podían, saltaban por la borda, volcando las canoas. Saxtorph no se detuvo. El agua aparecía cubierta de ellos y se dedicó a rociarles de balas. Ni una sola vez falló y yo oía con toda celeridad, el blando sonido de los proyectiles al hundirse en la carne humana.

"Los negros se desparramaron, dirigiéndose a nado a la playa. El agua aparecía alfombrada de cabezas que sobresalían y yo me puse en pie, como en sueños, para no perdérmelo; las cabezas que sobresalían y aquellas que dejaban de sobresalir. Algunos de sus tiros largos fueron extraordinarios. Tan sólo un indígena alcanzó la ribera, pero, al levantarse para salir a la playa, lo derribó Saxtorph. Fue increíble. Al irle a socorrer otros dos nativos, Saxtorph los tumbó a su vez.

"Supuse que todo había concluido, cuando, nuevamente, tronó el rifle. Un salvaje acababa de abandonar la cámara echando a correr hacia la borda y desplomándose a mitad de camino. La cámara debía estar atestada. Conté hasta veinte. Subían uno tras otro y se lanzaban a la borda. Pero no llegaban nunca. Me recordó a un tiro al blanco. Un cuerpo oscuro aparecía en cubierta, retumbaba el rifle de Saxtorph y al suelo con el cuerpo oscuro. Como es lógico, los de abajo ignoraban lo que ocurría en cubierta, por lo que continuaban saliendo hasta que no quedó ninguno.

"Saxtorph esperó un poco, para asegurarse, y luego vino a mi encuentro. Él y yo éramos los únicos que quedábamos de la tripulación del *Duchess*; yo me encontraba muy mal y él, concluido el tiroteo, volvía a ser un completo inútil. Bajo mis instrucciones, me fue limpiando y cosiendo las heridas de la cabeza. Un buen trago de *whisky* me dio ánimos para intentar marcharnos de allí. No había otra cosa qué hacer. Los demás estaban muertos. Intentamos izar las velas, con Saxtorph maniobrando, mientras yo sujetaba los cabos. Pero, nuevamente, el americano lo complicaba todo. Era incapaz de realizar bien su trabajo y, cuando me dio un desmayo, parecía que hubiésemos llegado al final.

"Al recobrar el sentido, vi a Saxtorph sentado plácidamente en la borda, esperando preguntarme qué se debía hacer. Le indiqué que examinase a los heridos, para comprobar si alguno podía moverse. Reunió a seis. Uno de ellos, aún lo recuerdo, tenía una pierna rota, pero Saxtorph dijo que estaba bien de brazos. Me tendí a la sombra, ahuyentando las moscas y dirigiendo la faena, mientras el americano capitaneaba aquella tripulación de hospitalizables. Que me bendigan si no hizo que los pobres negros soltaran todas las cuerdas de los cabilleros antes de descubrir las drizas. Uno de ellos pegó un grito, de pronto, cayendo muerto en la cubierta. Pero Saxtorph se impuso al resto, obligándolos a continuar con su trabajo. Una vez izadas la trinquete y la mayor, le ordené que soltara la cadena de ancla, para que ésta se hundiese. Me hice ayudar hasta el timón, decidido a intentar conducir la nave. Tampoco sé el motivo, pero, en vez de soltar la cadena, Saxtorph dejó caer la segunda ancla, por lo que quedamos sujetos por partida doble.

"Por fin consiguió su propósito, además de izar la vela de estay y el foque, y el *Duchess* se dirigió a la bocana. La cubierta era todo un espectáculo. Por todas partes se veían negros muertos o moribundos. Algunos se habían refugiado en los lugares más inconcebibles. La cámara estaba atestada de los que abandonaron la cubierta y se arrastraron hasta allí. Encargué a Saxtorph y a su banda de desahuciados que los echaran por la borda y allá fueron, los vivos igual que los muertos.

Aquel día, los tiburones se dieron un banquetazo. Por supuesto que nuestros cuatro marineros asesinados siguieron idéntico camino. Sin embargo, hice que pusieran las cabezas en un saco con pesos, de modo que la corriente no las llevase a la playa, donde podían caer en manos de algún salvaje.

"Decidí usar a los cinco prisioneros como parte de la tripulación, pero ellos opinaban de otro modo. Esperaron una oportunidad y saltaron por la borda. Saxtorph cazó a dos en el aire con su revólver y hubiese alcanzado a los otros tres en el agua, de no haberlo impedido yo. Estaba harto de tantas muertes, ¿comprenden?; y, además, habían prestado un buen servicio a la goleta. Pero fue una compasión inútil, ya que los devoraron los tiburones.

"Me dio fiebre cerebral o algo parecido en cuanto nos alejamos de la isla. Fuese lo que fuese, el *Duchess* anduvo a la deriva durante tres semanas, hasta que me rehice y pude enderezarla hacia Sidney. De todos modos, los salvajes de Malu habían aprendido la eterna lección de que no es conveniente andar tonteando con el hombre blanco. En su caso, Saxtorph resultó, desde luego, inevitable.

Charley Roberts lanzó un suspiro y dijo:

—Eso parece. ¿Y qué se ha hecho de él?

—Se unió a los cazadores de focas y se convirtió en todo un personaje. Durante seis años fue uno de los peces gordos, tanto en las flotas de Victoria como en las de San Francisco. Al séptimo, a su goleta la capturó un crucero ruso, en el mar de Bering y, según se dijo, a todos los tripulantes los enviaron a las minas de sal de Siberia. Por lo menos, no he vuelto a saber de él.

—Hacer que gire el mundo —murmuró Roberts—. Hacer que gire el mundo. Bien, pues a su salud. Alguien debe encargarse de hacer girar el mundo.

El capitán Woodward se acarició la red de cicatrices que le cubría la cabeza.

—Yo he cumplido mi parte —dijo—. Cuarenta años. Éste será mi último viaje. Y me voy a casa para siempre.

—Apuesto estas bebidas a que no —le desafió Roberts—. Morirá en su puesto y no en su casa.

El capitán Woodward aceptó el reto, pero, personalmente, creo que Charley Roberts tenía razón.

EL CHINAGO

El coral se desarrolla, la palmera crece,
pero el hombre muere.

Proverbio tahitiano

Ah Cho no entendía el francés. Estaba sentado en la sala del juzgado, abarrotada de gente, muy cansado y aburrido, escuchando el explosivo e incesante francés que hablaban, ahora un oficial y luego otro. A Ah Cho le parecía un puro parloteo y se maravillaba de la estupidez de los franceses, que habían empleado tanto tiempo en buscar al asesino de Chung Ga y que, al final, no lo habían encontrado. Los quinientos *coolies* de la plantación sabían que era Ah San quien había cometido el asesinato, y allí se encontraba, sin siquiera estar arrestado. Era cierto que los *coolies* se habían puesto de acuerdo, en secreto, para no testificar los unos contra los otros, pero aquel caso era tan sencillo, que los franceses tenían que ser capaces de descubrir que Ah San era el asesino. Aquellos franceses eran muy estúpidos.

Ah Cho no había hecho nada por lo que tener miedo. No había colaborado en el asesinato. Era verdad que lo había presenciado y que Schemmer, el capataz de la plantación, había entrado en el barracón inmediatamente después y le había descubierto junto a los otros cuatro o cinco; pero, ¿y qué? Chung Ga fue apuñalado sólo dos veces. Era razón suficiente para pensar que cinco o seis hombres no podían infligir dos puñaladas. Como mucho, si un hombre le había clavado una, sólo dos hombres podían haberlo hecho.

Éste fue el razonamiento de Ah Cho cuando, junto con sus cuatro compañeros, mintió, bloqueó y ofuscó al tribunal con sus afirmaciones en lo concerniente a lo ocurrido. Habían oído los ruidos del asesinato y, como Schemmer, habían corrido al lugar del suceso. Llegaron allí antes que el capataz, eso fue todo. Era cierto, Schemmer había testificado que, atraído por el ruido de la disputa al pasar por allí, se quedó al menos cinco minutos fuera; cuando entró, ya encontró dentro a los prisioneros, que no habían entrado poco antes que él, porque se había esperado en la puerta, cerca de los barracones, y los hubiera visto entrar. Pero, ¿y qué? Ah Cho y sus cuatro compañeros de barracón testificaron que Schemmer se equivocaba. Al final, los soltarían. Confiaban en ello. No podían cortar la cabeza a cinco hombres por dos puñaladas. Además, ningún demonio extranjero había visto el asesinato. Pero aquellos franceses eran muy estúpidos.

En China, como bien sabía Ah Cho, los magistrados hubieran ordenado torturales para averiguar la verdad. Descubrir la verdad bajo tortura era fácil. Pero aquellos franceses no torturaban. ¡Eran los más tontos! Por eso nunca descubrirían quién había matado a Chung Ga.

Pero Ah Cho no lo entendía todo. La compañía inglesa dueña de la plantación había importado quinientos *coolies* a Tahití, pagando un gran precio. Los accionistas exigían dividendos y la compañía todavía no les había pagado ninguno; por lo tanto, la compañía inglesa no quería que sus costosos trabajadores contratados empezaran a asesinarse entre ellos. Por otra parte estaban los franceses, ansiosos por imponer sobre los chinagos las virtudes y las excelencias de las leyes francesas. No había nada como practicar, de vez en cuando, con el ejemplo; y, además, ¿de qué servía Nueva Caledonia sino para enviar allá a hombres que pasaran el resto de su vidas en la miseria y el dolor, como condena por ser frágiles y humanos?

Ah Cho no entendía todo eso. Estaba sentado en la sala del juzgado y esperaba la decisión del juez que le liberaría, a él y a sus compañeros, para volver a la plantación y trabajar de acuerdo con las condiciones de sus contratos. Aquel juez pronunciaría pronto sentencia. El proceso se acercaba al final. Podía verlo. No había más testigos ni más parloteos. Los demonios franceses también estaban ya cansados y, evidentemente, esperaban la sentencia. Y mientras aguardaba, recordó el tiempo pasado, cuando firmó el contrato y embarcó con destino a Tahití. Eran tiempos duros para su pueblo pesquero y, cuando fue contratado para trabajar durante cinco años en los Mares del Sur por cincuenta centavos mexicanos al día, se consideró afortunado. En su pueblo había hombres que trabajaban muy duro por diez dólares mexicanos al año y mujeres que hacían redes, también durante todo el año, por cinco, mientras que en las casas de los comerciantes, las sirvientas recibían cuatro dólares por un año de servicio. Y ahí estaba él, dispuesto a cobrar cincuenta centavos al día; ¡por un día, sólo un día, iba a recibir esa magnífica suma! ¿Y qué si el trabajo era duro? Pasados los cinco años, volvería a casa, de acuerdo con el contrato, y nunca tendría que volver a trabajar. Sería un hombre rico de por vida, con una casa propia, una esposa e hijos que crecerían para venerarle. Sí, y en la parte trasera de la casa tendría un jardincito, un lugar de meditación y reposo, con un pequeño lago con peces de colores, campanillas sonando al viento colgadas de muchos árboles, y con una cerca alta para que nadie alterara su meditación y reposo.

Pues bien, había trabajado tres años de aquellos cinco. Ya era un hombre rico (en su propio país) gracias a sus ganancias, y sólo quedaban dos años más entre la plantación de algodón de Tahití y la meditación y el reposo que le aguardaban. Pero, justo en ese momento, estaba perdiendo dinero a causa del desafortunado accidente de haber presenciado el asesinato de Chung Ga. Había estado encerrado en prisión tres semanas y, por cada día de esas tres semanas, había perdido cincuenta centavos. Pero pronto se declararía el veredicto y él podría volver a trabajar.

Ah Cho tenía veintidós años. Era feliz, bonachón y le resultaba fácil sonreír. A pesar de que su cuerpo era delgado según el tipo asiático, su cara era rotunda, redonda como la luna, e irradiaba una complacencia gentil y una dulce amabilidad de espíritu, que resultaba inusual entre sus compatriotas. Sus miradas tampoco eran amenazadoras; nunca provocó ninguna disputa ni se vio envuelto en ninguna pelea. No jugaba. Su alma no era el alma ruda que debe tener un jugador. Se contentaba con cosas pequeñas y con placeres simples. La quietud y la tranquilidad del final del día, después del duro y caluroso trabajo en el campo de algodón, le proporcionaban una satisfacción infinita. Podía permanecer sentado durante horas observando una flor solitaria y filosofando sobre los misterios y los enigmas de la existencia. Una garza azul en forma de media luna pequeña sobre la arena de una playa, el zambullido plateado de un pez volador o una puesta de sol de tono nacarado y rosa sobre la laguna podían proporcionarle el olvido de la procesión de aquellos tediosos días y del pesado látigo de Schemmer.

Schemmer, Karl Schemmer, era un salvaje, una bestia brutal. Pero se ganaba su sueldo. Conseguía arrancar la última partícula de fuerza a aquellos quinientos esclavos, porque eran esclavos hasta el final de sus años de contrato. Schemmer trabajaba mucho para sacarles la fuerza a aquellos quinientos cuerpos sudorosos y transformarla en balas de algodón mullido, listas para ser exportadas. Su dureza, dominante, firme y primitiva, era lo que le permitía llevar a cabo aquella transformación. También se ayudaba con un grueso látigo de cuero, de tres centímetros de anchura y metro y medio de longitud, con el que iba siempre y que, en alguna ocasión, caía sobre la espalda desnuda de un *coolie* que se hubiera detenido, como si se tratara del disparo de una pistola. Ese trato era frecuente cuando Schemmer cabalgaba por los campos surcados.

Una vez, al principio del primer año de contrato, mató a un *coolie* de un solo puñetazo. No había aplastado, exactamente, la cabeza del hombre, como si fuera la cáscara de un huevo, pero el golpe lo hirió lo suficiente por dentro y, después de haber estado enfermo durante una semana, el hombre murió. Pero los chinos no se quejaron a los demonios franceses que gobernaban Tahití. Era cosa de ellos. Schemmer era su problema. Tenían que evitar su furia como evitaban el veneno de los ciempiés que se paseaban por la hierba o trepaban en las noches lluviosas hacia el interior de los barracones donde dormían. Los chinagos —llamados así por los perezosos y morenos habitantes de la isla— advirtieron con lo sucedido que no tenían que disgustar mucho a Schemmer. Era lo mismo rendirle un trabajo duro y eficiente. Aquel puñetazo del capataz proporcionó a la compañía una ganancia de miles de dólares y Schemmer no tuvo nunca ningún problema al respecto.

Los franceses, sin ningún instinto para la colonización, inútiles en su juego infantil de explotar los recursos de la isla, se sentían, simplemente, demasiado contentos al ver el éxito de la compañía inglesa. ¿Qué importaba Schemmer y su formidable puño? ¿El chinago que había muerto? Bueno, sólo era un chinago. Además, murió por insolación, según decía el certificado médico. Era cierto que en toda la historia de Tahití nadie se había muerto de una insolación. Pero fue eso, precisamente eso, lo que hizo que la muerte del chinago fuera única. El médico lo explicó todo en su informe. Era muy inocente. Había que pagar los dividendos, si no tendrían que añadir un fallo más a la larga historia de fracasos en Tahití.

No había quién entendiera a aquellos demonios blancos. Ah Cho observaba lo inescrutable de sus rostros, mientras permanecía sentado en la sala del juzgado esperando la sentencia. No podía explicarse lo que pasaba por su mente. Había visto pocos demonios blancos. Todos eran iguales, los oficiales y los marineros del barco, los oficiales franceses y los muchos hombres blancos de la plantación, incluyendo a Schemmer. Sus mentes se movían por caminos misteriosos a los que no se podía acceder. Se enfadaban sin causa aparente y su enfado siempre era peligroso. En esas circunstancias, eran como animales salvajes. Se preocupaban por pequeñas cosas y, en ocasiones, podían trabajar más duro que un chinago. No eran tan comedidos como éstos, eran glotones; comían prodigiosamente y bebían todavía más. Un chinago nunca sabía cuándo un acto suyo los complacería o les levantaría una tormenta de ira. Nunca podía saberlo. Lo que una vez los había complacido, a la siguiente podía provocarles un estallido de ira. Había una cortina tras los ojos de los demonios blancos, que ocultaba su mente de la mirada de un chinago. Y, además, por encima de todo, estaba su terrible eficiencia, su habilidad para hacer cosas, para lograr que funcionaran, para obtener resultados, para someter bajo su voluntad todo aquello que se arrastrara o reptara y los poderes de sus propios elementos. Sí, los hombres blancos eran extraños, maravillosos y demoníacos. Sólo miren en Schemmer.

Ah Cho preguntaba por qué tardaba tanto en pronunciarse el veredicto. Ni uno de los acusados le había puesto la mano encima a Chung Ga. Ah San lo había matado solo. Él lo había hecho, bajándole la cabeza, cogiéndolo de la coleta con una mano y, clavándole el cuchillo en el cuerpo por detrás, con la otra. Se lo clavó dos veces. Y allí, en la sala del juzgado, con los ojos cerrados, Ah Cho veía el acto asesino una y otra vez, la pelea, las palabras viles que se habían intercambiado, las injurias y los insultos que habían caído sobre sus venerables antepasados, las maldiciones lanzadas sobre generaciones no engendradas, el salto de Ah San, el coger a Chung Ga por la coleta, el cuchillo que se clavó dos veces en el cuerpo, la puerta que se abrió de un estallido, la irrupción de Schemmer, la carrera hacia la puerta, la huida de Ah San, el látigo volador del capataz que hizo que el resto se agrupara en un rincón y el disparo de un revólver, señal de que Schemmer necesitaba ayuda. Ah Cho temblaba al revivirlo. Uno de los latigazos le marcó la mejilla, arrancándole algo de piel. Schemmer señaló las contusiones cuando, estando en la tribuna de los testigos, identificó a Ah Cho. Entonces las señales ya no eran visibles. Pero había sido un buen latigazo. Medio centímetro más hacia el centro y le habría sacado un ojo. Entonces, Ah Cho se olvidó de todo lo ocurrido, en una visión que tuvo del jardín de meditación y reposo que sería suyo cuando volviera a su país.

Estaba sentado, con el rostro impasible, mientras el magistrado leía el veredicto. Los rostros de sus cuatro compañeros eran igualmente impasibles. Y permanecieron así cuando el intérprete les explicó que los cinco eran culpables del asesinato de Chung Ga, que Ah Chow había sido sentenciado a muerte, Ah Cho pasaría veinte años en la prisión de Nueva Caledonia, que Wong Li pasaría doce y Ah Tong, diez. No merecía la pena excitarse por aquello. Incluso, Ah Chow permanecía inexpresivo, como una momia, a pesar de que iban a cortarle la cabeza. El magistrado añadió una pocas palabras y el intérprete les explicó que el hecho de que Schemmer hubiera golpeado severamente la cara de Ah Chow con el látigo había hecho su identificación tan cierta que, ya que uno de los hombres tenía que morir, era justo que fuera él. También, el hecho de que la cara de Ah Cho hubiera sido igualmente golpeada, probando con conclusión su presencia en el asesinato y su indudable participación, le había merecido los veinte años de castigo penal. Y fue explicando las razones proporcionadas para cada sentencia continuando con los diez años de Ah Tong. Que los chinagos aprendan la lección, dijo, finalmente, el tribunal, porque deben aprender que en Tahití la ley debe cumplirse, aunque el cielo se derrumbe.

Los cinco chinagos fueron llevados a prisión. No estaban ni sorprendidos ni afligidos. Las sentencias inesperadas era algo a lo que ya estaban acostumbrados, después de tratar con los demonios blancos. Desde entonces, un chinago raramente esperaba más que lo inesperado. El fuerte castigo por un crimen que no habían cometido no era más extraño que las incontables rarezas que hacían los demonios blancos. Durante las siguientes semanas, Ah Cho contemplaba, a menudo, a Ah Chow con apacible curiosidad. Su cabeza iba a ser cortada por la guillotina que estaban alzando en la plantación. Para él ya no habrían más años de reposo ni jardines de tranquilidad. Ah Cho filosofaba y especulaba sobre la vida y la muerte. Interiormente no estaba preocupado. Veinte años eran sólo veinte años. Tantos más que le separaban de su jardín, eso era todo. Era joven y llevaba la paciencia asiática en el alma. Podía esperar esos veinte años; para entonces el ardor de su sangre se habría apaciguado y estaría mejor preparado para aquel jardín de calma y encanto. Pensaba en ponerle un nombre; le llamaría El Jardín de la Calma Matutina. Se contentó todo el día con ese pensamiento y se sintió inspirado para idear otra máxima sobre la virtud de la paciencia, que aportó un gran alivio, especialmente a Wong Li y a Ah Tong. Sin embargo, a Ah Chow no le importaba esa máxima. Iban a separarle la cabeza del cuerpo dentro de tan poco tiempo que no necesitaba paciencia para esperar el acontecimiento. Fumaba bien, dormía bien, comía bien y no se preocupaba por el lento transcurrir del tiempo.

Cruchot era un gendarme. Había estado de servicio en las colonias durante veinte años, desde Nigeria y Senegal hasta los Mares del Sur, y, durante ese tiempo, su estúpida mente no había despertado perceptiblemente. Era tan torpe y tan alelado como en sus días de campesino en el sur de Francia. Conocía la disciplina y el miedo a la autoridad y, para él, la única diferencia entre Dios y el sargento de los gendarmes era la medida de obediencia servil que les ofrecía. De hecho, para él, el sargento era más importante que Dios, excepto los domingos, en que los portavoces de Dios pronunciaban sus palabras. Dios, normalmente, estaba muy lejos, mientras que el sargento, por lo habitual, estaba a mano.

Cruchot fue quien recibió la orden del presidente del tribunal de que el funcionario al mando de la cárcel le entregara al gendarme la persona de Ah Chow. Pero ocurrió que el presidente del tribunal había ofrecido una cena la noche anterior, al capitán y a los oficiales de un buque de guerra francés. La mano le temblaba mientras escribía la orden y los ojos le escocían tanto, que no podía leer lo que escribía. De todos modos, sólo se trataba de una firma por la vida de un chinago. Así que no se dio cuenta de que había omitido la última letra del nombre de Ah Chow. La orden tenía escrito "Ah Cho" y, cuando Cruchot la entregó, le entregaron la persona de Ah Cho. Hizo que se sentara a su lado, en la carreta, detrás de dos mulas, y se marcharon.

Ah Cho se alegró de estar fuera, a la luz del sol. Iba sentado al lado del gendarme sonriendo radiantemente. Sonrió más radiante que nunca, cuando se dio cuenta de que las mulas se dirigían hacia el sur, hacia Atimaono. No había duda de que Schemmer había enviado al gendarme para que fuera a buscarlo y traerlo de nuevo. Lo quería para trabajar. Muy bien, trabajaría muy bien. Schemmer nunca tendría motivo de queja. Era un día caluroso. Los vientos amainaron. Las mulas sudaban, Cruchot sudaba y Ah Cho sudaba. Pero era este último el que soportaba mejor el calor. Durante tres años había trabajado duro en la plantación bajo aquel sol. Sonreía y sonreía con tan genial bondad, que hasta la dura mente de Cruchot se conmovió de asombro.

—Eres muy divertido —dijo, finalmente.

Ah Cho afirmó con la cabeza y sonrió más resplandecientemente todavía. A diferencia del magistrado, Cruchot se dirigió a él en lengua canaca, que era la que Ah Cho entendía, como todos los chinagos y todos los demonios extranjeros.

—Te ríes demasiado —le reprendió el gendarme—. Uno debería tener el corazón lleno de lágrimas en un día como éste.

—Estoy contento de estar fuera de la cárcel.

—¿Eso es todo? —Cruchot se encogió de hombros.

—¿No es suficiente? —fue la réplica.

—Entonces, ¿te alegras de que te corten la cabeza?

Ah Cho le miró con una perplejidad repentina y dijo:

—¿Por qué? Si vuelvo a Atimaono para trabajar para Schemmer en la plantación. ¿No me llevas a Atimaono?

Cruchot se acarició sus largos bigotes, con expresión reflexiva.

—¡Bien, bien! —dijo, finalmente, dándole a la mula un latigazo—, ¿así que no lo sabes?

—¿Saber qué? —Ah Cho comenzaba a sentirse vagamente alarmado—. ¿Schemmer no me dejará trabajar más?

—No después de hoy —Cruchot se rió a carcajada limpia. Era un chiste gracioso—. Mira, no vas a poder trabajar más desde hoy. Un hombre sin cabeza no puede trabajar, ¿eh? —le dio al chinago un codazo en las costillas y soltó una risita.

Ah Cho se quedó en silencio, mientras las mulas seguían a lo largo de un kilómetro caluroso.

—¿Schemmer va a cortarme la cabeza? —dijo después.

Cruchot sonreía, mientras afirmaba con la cabeza.

—Ha habido un error —dijo Ah Cho, gravemente—. Yo no soy el chinago al que se tiene que cortar la cabeza. Yo soy Ah Cho. El honorable juez determinó que tengo que pasar veinte años en Nueva Caledonia.

El gendarme se rió. Era un chiste bueno, aquel divertido chinago intentando engañar a la guillotina. Las mulas trotaron a través de un camino de cocoteros, durante medio kilómetro, delante del resplandeciente mar, antes de que Ah Cho hablara de nuevo.

—Le digo que no soy Ah Chow. El honorable juez no dijo que tuvieran que cortarme la cabeza.

—No tengas miedo —dijo Cruchot, con la intención piadosa de ponérselo fácil a su prisionero—. No es duro morir de esa manera —chasqueó los dedos—. Es rápido como una palmada. No es como que te cuelguen al final de una cuerda, pataleando y poniendo caras raras durante cinco minutos. Es como matar a un pollo con un hacha. Le cortas la cabeza y ya está. Y con un hombre es lo mismo. ¡Zas!, y muerto. No duele, ni siquiera piensas en si duele. No piensas. Te cortan la cabeza, así que no puedes pensar. Es muy bueno, así es como yo quiero morir, rápido, ah, rápido. Tienes suerte de morir así. Podrías tener la lepra e irte deshaciendo en pedazos, poco a poco, un dedo una vez, ahora otro, después el pulgar, los dedos de los pies también. Conocí a un hombre que se quemó en agua hirviendo. Tardó dos días en morir. Sus gritos se oían a un kilómetro de distancia. Pero ¿tú? ¡Ah, es tan fácil! ¡Zas!, la cuchilla te corta el cuello así, y se acabó. Incluso puede hacerte cosquillas. ¿Quién sabe? Nadie que haya muerto así ha vuelto para explicarlo.

Consideró esto último un chiste muy agudo y se permitió reírse convulsivamente durante medio minuto. Parte de su alegría era fingida, pero consideraba que su deber era animar al chinago.

—Pero le digo que soy Ah Cho —persistió el otro—. No quiero que me corten la cabeza.

Cruchot frunció el ceño. El chinago llevaba el asunto demasiado lejos.

—Yo no soy Ah Chow —comenzó Ah Cho.

—¡Ya esta bien! —interrumpió el gendarme. Hinchó las mejillas y se esforzó por parecer enfurecido.

—Le digo que no lo soy —comenzó de nuevo el chinago.

—¡Cállate! —bramó Cruchot.

Después de aquello avanzaron un rato en silencio. Había veinte kilómetros desde Papeete hasta Atimaono y, cuando habían recorrido más de la mitad de la distancia, el chinago se aventuró de nuevo con sus afirmaciones.

—Le vi en la sala del tribunal, cuando el honorable juez investigaba sobre nuestra culpa —comenzó—. Muy bien, ¿se acuerda de ese tal Ah Chow al que tienen que cortarle la cabeza, se acuerda que él, Ah Chow, era un hombre alto? Míreme.

De repente se puso en pie y Cruchot vio que era un hombre bajo. Y en ese mismo momento tuvo la visión en su memoria de una imagen de Ah Chow, y en esa imagen Ah Chow era alto. Para el gendarme todos los chinagos era iguales. Una cara era igual que otra. Pero podía diferenciar entre una estatura alta y una baja, y supo que tenía al hombre equivocado sentado a su lado. Tiró, bruscamente, de las riendas que sujetaban las mulas, así el palo que las unía por delante elevaría sus collares.

—¿Lo ve? Ha sido un error —dijo Ah Cho, sonriendo complacidamente.

Pero Cruchot se quedó pensativo. Se arrepintió de haber detenido la carreta. Se había dado cuenta de que el presidente del tribunal se había equivocado y no sabía cómo solucionarlo; pero sabía que le habían entregado a ese chinago para que lo llevara a Atimaono y que era su deber llevarlo. ¿Y qué si era el hombre equivocado y le cortaban la cabeza? Sólo era un chinago y, ¿qué importaba un chinago? Además, podría no ser un error. No sabía lo que pasaba por la mente de sus superiores. Ellos conocían mejor sus tareas. ¿Quién era él para pensar por ellos? Una vez, hacía mucho tiempo, trató de pensar por ellos y el sargento le dijo: "¡Cruchot, está loco! Cuanto antes lo aprenda, mejor le irá. Usted no tiene que pensar, tiene que obedecer y dejar pensar a sus superiores". Sintió un escozor al recordar aquello. Además, si volvía a Papeete, haría que la ejecución de Atimaono se retrasara y, si se equivocaba, al volver recibiría una reprimenda del sargento que estaba esperando al prisionero. Y, para mayor ridículo, también recibiría una reprimenda en Papeete.

Tocó a las mulas con el látigo y prosiguieron. Miró su reloj. Llegaría media hora tarde y el sargento se enfadaría. Hizo que las mulas trotaran más deprisa. Cuanto más persistía Ah Cho en explicar el error, más testarudo se volvía Cruchot. El conocimiento de que llevaba al hombre equivocado no mejoraba su humor. El conocimiento de que no había sido fallo suyo le confirmaba que el error que estaba cometiendo era el correcto. Y, antes de incurrir en el desagrado del sargento, hubiera conducido, voluntariamente, a una docena de chinagos equivocados a su condena.

En cuanto a Ah Cho, después de que el gendarme le golpeara en la cabeza con la empuñadura del látigo y le ordenara en voz alta que callara, ya no le quedaba nada más qué hacer, excepto callar. El largo viaje prosiguió en silencio. Ah Cho meditó sobre las extrañas costumbres de aquellos demonios blancos. No tenían explicación. Lo que estaban haciendo con él sólo era una parte de todo lo que hacían. Primero culparon a cinco hombres inocentes, después iban a cortar la cabeza al que, incluso ellos, con su ignorancia inculta, habían considerado justo castigar con no más de veinte años de encarcelamiento. Y no podía hacer nada. Sólo podía quedarse sentado, quieto, y tomar lo que le ofrecían los señores de la vida. Hubo un momento en que el pánico le dominó y un sudor frío le envolvió el cuerpo; pero luchó para salir de aquella situación. Intentó resignarse a su destino, recordando y repitiendo ciertos pasajes del *Yin Chin Wen* (*Tratado de la serenidad*); pero, en lugar de eso, siguió viendo su soñado jardín de la meditación y el reposo. Aquello le torturaba hasta que se dejó llevar por el sueño y se sentó en su jardín escuchando el repiqueteo de las campanillas que colgaban al aire de muchos árboles. ¡Y he aquí! Así, sentado en el sueño, pudo recordar y repetir los pasajes del *Tratado de la serenidad.*

El tiempo transcurrió dulcemente hasta que llegaron a Atimaono y las mulas trotaron hasta el pie del patíbulo, a la sombra del cual estaba en pie el impaciente sargento. Subieron rápidamente a Ah Cho por las escaleras. A un lado, debajo de él, vio congregados a todos los *coolies* de la plantación. Schemmer había decidido que el acontecimiento sería una buena lección y por eso había hecho venir a los *coolies* de los campos y los obligó a estar presentes. Cuando vieron a Ah Cho, comenzaron a murmurar entre ellos. Vieron el error; pero quedó entre ellos. Los inexplicables demonios blancos habían cambiado de parecer por partida doble. En lugar de arrebatar la vida de un hombre inocente, arrebataban la vida de otro hombre también inocente. Ah Chow o Ah Cho, ¿qué importaba cuál fuera? No podían entender a los perros blancos como los perros blancos no podían entenderlos a ellos. Le iban a cortar la cabeza a Ah Cho, pero los demás, cuando finalizaran sus dos años restantes de servicio, volverían a China.

El mismo Schemmer había construido la guillotina. Era un hombre mañoso y, aunque nunca había visto ninguna, los oficiales franceses le habían explicado el principio en que se basaba. Por sugerencia suya, ordenaron que la ejecución tuviera lugar en Atimaono en vez de en Papeete. La escena del crimen, argumentó Schemmer, era el mejor emplazamiento posible para llevar a cabo el castigo; además, sería una influencia beneficiosa para los quinientos chinagos de la plantación. También se ofreció voluntario para hacer de verdugo, y en aquel momento se encontraba en el patíbulo como tal, experimentando con el instrumento que había construido. Un platanero, con el tronco del tamaño y consistencia del cuello de un hombre, se encontraba debajo de la guillotina. Ah Cho lo observaba con los ojos fascinados. El alemán, girando la pequeña manivela, elevó la cuchilla hacia el final de la baja torre que había construido. Un tirón de una gruesa cuerda soltó la hoja afilada, que cayó de golpe, cortando limpiamente el tronco del platanero.

—¿Cómo funciona? —preguntó el sargento, apareciendo en lo alto del patíbulo.

—Maravillosamente —fue la exultante respuesta de Schemmer—. Déjeme que se lo muestre.

Volvió a girar la manivela que hacía subir la cuchilla, tiró de la cuerda e hizo que bajara cortando el suave tronco. Pero esta vez no cortó más de las dos terceras partes al mismo.

El sargento frunció el ceño.

—No va a servir —dijo.

—Schemmer se secó el sudor de la frente.

—Lo que necesita es más peso —anunció.

Acercándose al borde del patíbulo, ordenó al herrero que trajera un trozo de hierro que pesara veinticinco kilos. Mientras se agachaba para atarlo en el extremo más ancho de la cuchilla, Ah Cho miró al sargento y vio la ocasión propicia:

—El honorable juez dijo que le cortaran la cabeza a Ah Chow —comenzó.

El sargento afirmó con la cabeza, impacientemente. Estaba pensando en los quince kilómetros de camino que tenía que recorrer aquella tarde hacia la zona de barlovento de la isla, y en Berthe, la bella hija mulata de Lafiére, el comerciante de perlas, que le esperaba al final del trayecto.

—Bien, pues yo no soy Ah Chow. El honorable carcelero se equivocó. Ah Chow es un hombre alto y yo soy bajo.

El sargento le miró rápidamente y se dio cuenta del error.

—¡Schemmer! —le llamó, imperiosamente—. Venga aquí.

El alemán gruñó, pero permaneció agachado sobre su tarea hasta que el pedazo de hierro quedó atado como él quería.

—¿Está listo el chinago? —preguntó.

—Mírele —fue la respuesta—. ¿Es éste el chinago?

Schemmer se sorprendió. Durante unos segundos, maldijo intensamente y miró, apenado, el instrumento que había construido con sus propias manos y que estaba ansioso de ver funcionar.

—Mire —dijo finalmente—, no podemos posponer este asunto. Ya he perdido tres horas de trabajo con los quinientos chinagos. No puedo arriesgarme a volver a perderlas esperando al verdadero hombre. Hagamos, de todos modos, el espectáculo; sólo es un chinago.

El sargento se acordó del largo viaje que le esperaba y de la hija del comerciante de diamantes, y debatió consigo mismo.

—Culparán a Cruchot, si se descubre —dijo el alemán—. Pero hay pocas posibilidades de que sea descubierto. Ah Chow no va a decir nada, de ninguna manera.

—De todos modos, la culpa no recaerá sobre Cruchot —dijo el sargento—. Debe de haber sido un error del carcelero.

—Entonces, sigamos adelante. No pueden culparnos. ¿Quién puede distinguir a un chinago de otro? Podemos decir que nosotros nos limitamos a seguir las instrucciones con el chinago que nos entregaron. Además, realmente no puedo volver a sacar a estos *coolies* de su lugar de trabajo.

Hablaban en francés y Ah Cho, que no entendía una palabra, sabía, de todos modos, que estaban determinando su destino. También sabía que la última decisión dependía del sargento y fijó su vista en los labios de éste.

—De acuerdo —anunció el oficial—. Siga adelante sólo es un chinago.

—Voy a probarla una vez más, sólo para asegurarme —Schemmer puso el tronco del platanero debajo de la cuchilla, que había subido hasta el extremo de la torre.

Ah Cho intentó recordar las máximas del *Tratado de la serenidad.* Le vino a la mente "Vive en concordia", pero no era aplicable. No iba a seguir viviendo. No, aquélla no funcionaba. "Perdona la malicia", sí, pero no había ninguna malicia que perdonar. Schemmer y los demás estaban llevando aquello a cabo sin malicia. Para ellos sólo era una labor más que cumplir, como talar la jungla, construir una acequia para el agua o plantar algodón. El alemán tiró de la cuerda y Ah Cho se olvidó del *Tratado de la serenidad.* La cuchilla cayó dando un batacazo y cortando el tronco limpiamente.

—¡Maravilloso! —exclamó el sargento, deteniéndose al encender un cigarro—. Maravilloso, amigo mío.

Schemmer se sintió complacido por el elogio.

—Vamos, Ah Cho —dijo, en lengua tahitiana.

—Pero yo no soy Ah Chow... —comenzó Ah Cho.

—¡Cállate! —fue la respuesta—. Si vuelves a abrir la boca, te rompo la cabeza.

El capataz le amenazó con el puño cerrado y el chino guardó silencio. ¿De qué servía protestar? Esos demonios extranjeros siempre hacían lo que se proponían. Se dejó atar a la tabla vertical que tenía el tamaño de su cuerpo. Schemmer tensó las cuerdas tan fuertemente, que las correas le cortaron la carne y le dolió, pero no se quejó. El dolor no duraría. Sintió cómo se inclinaba la tabla hacia la posición horizontal y cerró los ojos. En aquel momento tuvo una última visión de su jardín de la meditación y el reposo. Le parecía estar sentado en él. Soplaba un aire fresco y las campanillas colgadas de los muchos árboles repiqueteaban suavemente. Los pájaros también reproducían sonidos relajantes y se oía el sonido suavizado de la vida del pueblo, que venía de detrás del alto cercado.

Entonces se dio cuenta de que la tabla se había quedado quieta y supo que estaba tumbado sobre la espalda por las presiones y tensiones musculares que sentía. Abrió los ojos. Delante de él, hacia arriba, vio la cuchilla suspendida, brillando a la luz del sol. Vio el peso que se había añadido y notó que uno de los nudos se había deshecho. A continuación, oyó la voz aguda del sargento dando la orden. Cerró los ojos rápidamente, no quería ver cómo descendía aquella cuchilla. Pero la sintió, durante un rápido y gran instante. Y en aquel momento se acordó de Cruchot y de lo que éste le había dicho. Pero estaba equivocado, la cuchilla no hacía cosquillas. Eso fue todo lo que supo antes de dejar de saber.

EL PAGANO

Lo conocí en una tempestad, y aunque la capeamos en la misma goleta, sólo lo vi cuando ésta se hizo pedazos bajo nuestros pies. No cabe duda de que lo había visto con el resto de la tripulación *kanaka* a bordo, pero no tuve conocimiento consciente de su existencia, pues la *Petite Jeanne* se encontraba más bien atestada. Además de sus ocho o diez marineros *kanakas*, su capitán blanco, el primer oficial y el sobrecargo, y sus seis pasajeros de camarote, zarpó de Rangiroa con algo así como ochenta y cinco pasajeros de cubierta, gente de las Paumoto y tahitianos, hombres, mujeres y niños, cada uno con una caja de mercancías, para no hablar de las esteras para dormir, las mantas y los atados de ropas.

La temporada de pesca de perlas en las Paumoto había terminado y todos los pescadores regresaban a Tahití. Los seis pasajeros de camarote éramos compradores de perlas. Dos eran norteamericanos, uno era Ah Choon (el chino más blanco que jamás conocí), uno alemán, uno judío polaco y yo completaba la media docena.

Había sido una temporada próspera. Ninguno de nosotros tenía motivos para quejarse, y tampoco ninguno de los ochenta y cinco pasajeros de cubierta. A todos les había ido bien y todos anhelaban un descanso y pasarla bien en Papeete.

Es claro que la *Petite Jeanne* estaba sobrecargada. Sólo tenía setenta toneladas y no podía llevar un diezmo de la multitud que trasportaba a bordo. Debajo de las escotillas se hallaba repleta de madreperla y copra. Era un milagro que los marineros pudieran manejarla. Imposible moverse por los puentes. Se trepaban a las barandas y circulaban por ellas de un lado a otro.

Por la noche caminaban sobre los durmientes, quienes alfombraban la cubierta, lo juro, en una doble capa. Ah, y además había en cubierta cerdos y gallinas, y sacos de ñame, en tanto que todos los lugares concebibles se hallaban festoneados de hileras de cocos y de racimos de plátanos. A ambos lados, entre los obenques de proa y mayor, se habían tendido cuerdas, lo bastante bajas para que la botavara de proa se balancease con libertad, y de cada una de las cuerdas colgaban por lo menos cincuenta racimos de plátanos.

Prometía ser una travesía engorrosa, aunque la hiciéramos en los dos o tres días que harían falta si hubieran soplado los alisios del sudeste. Pero no soplaban con fuerza. Después de las cinco primeras horas, se redujeron a lo que podría conseguirse con un par de docenas de abanicos. La calma continuó toda la noche y al día siguiente; una de esas calmas inmóviles, vítreas, en que el solo pensamiento de abrir los ojos para observarla basta para darle a uno dolor de cabeza.

El segundo día murió un hombre de las islas de Pascua, uno de los mejores buceadores de esa temporada en la laguna. Viruela... Eso fue, aunque no entiendo cómo pudo llegar la viruela a bordo, si no existían en tierra casos conocidos cuando salimos de Rangiroa. Pero ahí estaba: viruela, un hombre muerto y otros tres yacentes.

Nada se podía hacer. No podíamos segregar a los enfermos ni atenderlos. Estábamos apiñados como sardinas. No quedaba más que pudrirnos y morir; es decir, no hubo ya nada qué hacer después de la noche que siguió a la primera muerte. Esa noche, el primer oficial, el sobrecargo, el judío polaco y cuatro buceadores nativos se escurrieron en la ballenera. Nunca volvimos a oír hablar de ellos. Por la mañana, el capitán desfondó los botes restantes, y ahí estábamos.

Ese día hubo dos muertes; al siguiente, tres, y después saltaron a ocho. Era curioso ver cómo lo tomábamos. Los nativos, por ejemplo, cayeron en un estado de mudo e imperturbable temor. El capitán —se llamaba Oudouse, era francés— se volvió muy nervioso y voluble. En verdad tenía crispaciones. Era un hombrón carnoso, que pesaba por lo menos noventa kilos, y pronto se convirtió en fiel representación de una temblorosa montaña de jalea y grasa.

El alemán, los dos norteamericanos y yo compramos todo el *whisky* escocés y nos dedicamos a mantenernos borrachos. La teoría era hermosa: a saber, si nos conservábamos empapados en alcohol, cualquier germen de viruela que entrase en contacto con nosotros quedaría inmediatamente convertido en cenizas. Y la teoría funcionó, aunque debo confesar que ni el capitán Oudouse ni Ah Choon fueron atacados por la enfermedad. El francés no bebía, en tanto que Ah Choon se limitaba a un solo trago diario.

El tiempo era una hermosura. El sol, que se movía hacia su declinación septentrional, se encontraba encima de nosotros. No había viento, aparte de las frecuentes borrascas, que soplaban con ferocidad, entre cinco minutos y media hora, y terminaban empapándonos de lluvia. Después de cada borrasca, salía el espantoso sol y arrancaba nubes de vapor de los puentes cubiertos de agua.

El vapor no era bonito. Era el vapor de la muerte, cargado de millones y millones de gérmenes. Siempre bebíamos otro trago cuando lo veíamos subir desde los muertos y los moribundos, y por lo general bebíamos dos o tres más, y los preparábamos de una pureza excepcional. Además, nos tomábamos la costumbre de beber varios otros cada vez que arrojaban los muertos a los tiburones que merodeaban en nuestro derredor.

Pasó una semana y el *whisky* se terminó. Y fue mejor así, porque de lo contrario, no estaría vivo. Hacía falta un hombre sobrio para pasar por lo que siguió, y usted estará de acuerdo cuando mencione el hecho sin importancia de que sólo dos hombres se salvaron. El otro fue el pagano... Por lo menos así oí que lo llamaba el capitán Oudouse cuando tuve conciencia por primera vez de la existencia del pagano. Pero volvamos al relato.

Era el final de la semana, el *whisky* se había acabado y los compradores de perlas estaban sobrios, cuando se me ocurrió echar una mirada al barómetro que pendía en la escalera de cámara. Su registro normal en las Paumoto era de 29.90, y resultaba muy usual verlo oscilar entre

29.85 y 30.00, o inclusive 30.05; pero verlo como lo vi yo, en 29.62, era suficiente para infundir sobriedad en el más ebrio comprador de perlas que jamás haya incinerado microbios de viruela en *whisky* escocés.

Llamé la atención del capitán Oudouse al respecto y la única respuesta que recibí fue la información de que hacía varias horas que lo veía bajar. Había poco qué hacer, pero ese poco lo hizo muy bien, dadas las circunstancias. Arrió las velas ligeras, dejó el barco apenas con las lonas de tormenta, tendió líneas salvavidas y esperó el viento. Su error consistió en lo que hizo después de que llegó el viento.

Viró sobre la borda de babor, que era lo correcto al sur del Ecuador si, ése fue el problema, si uno no estaba en el trayecto del huracán.

Y nosotros estábamos en el trayecto directo. Lo vi por su firme aumento y por el descenso igualmente firme del barómetro. Le dije que virase y corriera el viento en la cuadra de babor, hasta que el barómetro dejara de caer, y que después se pusiese a la capa. Discutimos hasta que quedó reducido a un estado de histeria, pero no quiso moverse. Lo peor fue que no conseguí que los demás compradores de perlas me apoyaran. ¿Quién era yo, de todos modos, para saber, acerca del mar y sus costumbres, más que un capitán diplomado? Yo sabía que eso era lo que pensaban.

Es claro que las olas se elevaron espantosamente con el viento, y jamás olvidaré las tres primeras que cayeron sobre la *Petite Jeanne.* No obedecía al timón, como ocurre a veces con los barcos, cuando se los hace virar y la primera ola le dio de lleno. Las cuerdas salvavidas eran sólo para los fuertes y sanos, y de poco les sirvieron, ni siquiera a ellos, cuando las mujeres y los niños, los plátanos y los cocos, los cerdos y los cajones, los enfermos y los agonizantes, fueron barridos en una masa compacta, chillona y gimiente.

La segunda ola cubrió los puentes de la *Petite Jeanne* hasta las barandillas, y su popa se hundió y su proa trepó al cielo, y toda su mísera carga de vidas y equipajes se derramó hacia atrás. Fue un torrente humano. Se precipitaban de cabeza, o con los pies hacia adelante, o de costado, o rodando sobre sí mismos, retorciéndose, reptando, hechos un ovillo, acurrucados.

De vez en cuando uno se aferraba de un candelero o una cuerda, pero el peso de los cuerpos que venían detrás los arrancaban de su asidero.

Vi a un hombre chocar, de cabeza y de frente, en la bita de estribor. La cabeza se le partió como un huevo. Me di cuenta de lo que se venía, salté al techo del camarote, y de ahí a la propia vela mayor. Ah Choon y uno de los norteamericanos trataron de seguirme, pero yo les llevaba la delantera. El norteamericano fue barrido y lanzado por la borda de babor como una paja. Ah Choon se tomó de una cabilla de la rueda del timón y cayó detrás de ella. Pero una fornida *wahiné*[1] de Rarotonga —debe de haber pesado unos ciento veinte— fue precipitada sobre él y le rodeó el cuello con un brazo. Él se aferró del timonel *kanaka* con el otro brazo y en ese momento la goleta viró a estribor.

La precipitación de cuerpos y la ola que llegaba por el pasillo de babor, entre el camarote y la barandilla, giraron de golpe y se volcaron por estribor. Y desaparecieron los tres: la *wahiné*, Ah Choon y el timonel; y juro que vi a Ah Choon lanzarme una sonrisa, con filosófica resignación, cuando pasaba por sobre la baranda y caía.

La tercera ola —la mayor de las tres— no provocó tanto daño. Para cuando llegó, casi todos se encontraban en la arboladura. En cubierta, una docena, más o menos, de desdichados que boqueaban, semiahogados y semiatontados, rodaban o trataban de arrastrarse hasta un lugar seguro. Cayeron por la borda, lo mismo que los restos de los otros dos botes. Los demás compradores de perlas y yo, entre una y otra ola, conseguimos meter a unas quince mujeres y niños en el camarote y fijar listones en la puerta. De poco les sirvió, a las pobres criaturas, al final.

¿Viento? En toda mi experiencia no habría creído posible que el viento soplase como lo hacía. No es posible describirlo. ¿Cómo se puede describir una pesadilla? Lo mismo ocurría con el viento. Nos arrancaba la ropa del cuerpo. Digo que la arrancaba y eso quiero decir. No le pido que me crea. Hay ocasiones en que ni yo mismo lo creo.

---

1 "Mujer." [N. del E.]

Lo pasé, y eso basta. No era posible enfrentar ese viento y vivir. Era una cosa monstruosa, y lo más monstruoso de todo fue que crecía en intensidad y seguía creciendo.

Imagine incontables millones y billones de toneladas de arena. Imagine esa arena volando a ciento cuarenta, ciento cincuenta, ciento noventa o cualquier otra cantidad de kilómetros por hora. Imagine, además, que dicha arena es invisible, impalpable, pero que conserva todo el peso y la densidad de la arena. Haga todo eso y podrá formarse una vaga idea de lo que era aquel viento.

Tal vez la arena no sea la comparación adecuada. Considérelo fango, invisible, impalpable, pero pesado como el fango. No, mucho más. Considere que cada molécula del aire es un montículo de fango. Luego trate de imaginar el multitudinario impacto de los montículos de fango. No; es superior a mí. El lenguaje puede bastar para expresar las situaciones corrientes de la vida, pero no es capaz de expresar las condiciones de las bocanadas de un viento tan enorme. Mejor habría sido que me atuviese a mi primera intención, de no intentar una descripción.

Esto diré: el mar, que se había hinchado al comienzo, fue aplastado por el viento. Más aun, pareció como si todo el océano hubiese sido succionado por las fauces del huracán y lanzado a la porción de espacio que antes ocupaba el aire.

Es claro que nuestras velas habían sido arrancadas mucho antes. Pero el capitán Oudouse tenía en la *Petite Jeanne* algo que nunca vi hasta entonces en una goleta de los Mares del Sur: un ancla de arrastre. Era un saco de lona, cónico, cuya boca se mantenía abierta por medio de un enorme aro de hierro. El ancla estaba afrenillada más o menos como una cometa, de modo que mordía en el agua como una cometa muerde en el aire, pero con una diferencia. Se mantenía por debajo de la superficie del océano, en una posición perpendicular. A su vez, un largo cabo la unía a la goleta. Gracias a ella, la *Petite Jeanne* corría de proa al viento y a las olas que hubiese.

En verdad, la situación habría sido favorable, si no hubiéramos estado en el camino de la tempestad. Es cierto que el viento mismo arrancó nuestras velas de los palos, voló de cuajo nuestros masteleros e hizo un revoltillo con nuestros aparejos, pero aun así habríamos salido bien del asunto si no hubiésemos estado de frente respecto del centro de la tormenta que avanzaba. Eso nos liquidó. Yo me encontraba en un estado de derrumbe, atontado, entumecido, paralizado, de soportar el impacto del viento, y creo que me hallaba a punto de rendirme y morir, cuando el centro cayó sobre nosotros. El golpe que recibimos fue una calma absoluta. No había un soplo de aire. El efecto fue aplastante.

Recuerde que habíamos pasado horas de terrible tensión muscular, resistiendo la aterradora presión del viento. Y luego, de pronto, la tensión desaparecía. Sé que me sentí como si estuviese a punto de hincharme, de despedazarme en todas direcciones. Pareció como si cada átomo que componía mi cuerpo rechazara a todos los demás átomos, y me vi al borde de precipitarme de manera irresistible hacia el espacio. Pero eso sólo duró un momento. La destrucción estaba sobre nosotros.

Por falta de viento y de presión, las olas se elevaron. El mar saltó, brincó, se elevó hacia las nubes.

Recuerdo que desde cada punto de la rosa de los vientos soplaba ese viento inconcebible hacia el centro de calma. El resultado fue que las olas saltaban desde todos los puntos de la brújula. No había viento que las detuviera. Brotaban como corchos soltados en el fondo de un cubo de agua. No tenían sistema ni estabilidad. Eran olas huecas, maniáticas. Tenían por lo menos veinticinco metros de altura. No eran olas. No se parecían a ola alguna que hubiese visto un ser humano.

Eran salpicaduras, monstruosas salpicaduras... Eso es todo. Salpicaduras de veinticinco metros de alto. ¡Veinticinco! Más de veinticinco. Pasaban por sobre la punta de los mástiles. Eran estallidos, explosiones. Estaban ebrias. Caían por todas partes, de cualquier manera. Se empujaban unas a otras; chocaban. Se precipitaban juntas y se desplomaban la una sobre la otra, o se despedazaban como mil cascadas a la vez. No era un océano con el cual hombre alguno hubiese soñado nunca, ese centro del huracán. Era la confusión triplemente confundida. Era la anarquía. Era un pozo infernal de agua oceánica enloquecida.

¿La *Petite Jeanne*? No sé. El pagano me dijo después que él no sabía. Quedó literalmente despedazada, desgarrada, hecha pulpa, aplastada, hasta convertirse en leña menuda, aniquilada. Cuando volví en mí, me encontraba en el agua, nadando en forma mecánica, aunque estaba dos tercios ahogado. No recuerdo cómo llegué allí. Recuerdo haber visto a la *Petite Jeanne* volar en pedazos en lo que debe de haber sido el instante en que mi conciencia me fue arrebatada. El viento volvía a soplar, las olas eran mucho menores y regulares, y supe que habíamos pasado por el centro. Por fortuna no había tiburones a la vista. El huracán terminó por dispersar a la hambrienta horda que rodeaba al barco de la muerte y se alimentaba de sus cadáveres.

Era más o menos el mediodía cuando la *Petite Jeanne* quedó hecha pedazos, y debe de haber sido cuatro horas más tarde cuando me alcé con una de sus tapas de escotilla. En ese momento caía una densa lluvia, y una pura casualidad nos arrojó a mí y a la tapa de escotilla juntos. Un corto cabo de cuerda colgaba de ella, y supe que podría sostenerme por lo menos un día, si no volvían los tiburones. Tres horas después, quizás un poco más, aferrado a la tapa y con los ojos cerrados, concentrado todo mi ser en la tarea de respirar suficiente aire para mantenerme con vida y, al mismo tiempo, en evitar tragar suficiente agua para ahogarme, me pareció oír voces.

La lluvia había cesado y el viento y las olas amenguaban maravillosamente. A unos seis metros de mí, sobre otra tapa de escotilla, se encontraban el capitán Oudouse y el pagano. Luchaban por la posesión de la tapa... Por lo menos el francés.

—*Paien noir*[2] —le oí gritar y al mismo tiempo lo vi lanzar un puntapié al *kanaka*.

El capitán Oudouse había perdido todas las ropas, salvo los zapatos, y eran zapatones pesados. Fue un golpe cruel, pues le dio al pagano en la boca y la punta de la barbilla, atontándolo a medias. Esperé su respuesta, pero se conformó con nadar en derredor, desamparado, pero seguro, a unos tres metros de distancia. Cada vez que una oleada

2 "¡Negro pagano!" [N. del E].

lo acercaba, el francés, aferrado con las manos, lo pateaba con ambos pies. Además, en el momento de asestar cada puntapié, llamaba al *kanaka* "pagano negro".

—¡Por dos céntimos voy allá y te ahogo, animal blanco! —grité.

El único motivo de que no lo hiciera fue que me sentía muy cansado. El solo pensar en el esfuerzo de nadar hasta allá me daba náuseas. De modo que llamé al *kanaka* para que se acercase a mí, y me dispuse a compartir con él la tapa de escotilla. Me dijo que se llamaba Otoo; también me dijo que era nativo de Borabora, la isla más occidental del archipiélago de la Sociedad. Como me enteré luego, fue el primero en apoderarse de la otra tapa de escotilla, y al cabo de un rato, al encontrar al capitán Oudouse, se ofreció a compartirla con él, y obtuvo como recompensa la serie de puntapiés.

Y así fue como nos reunimos por primera vez, Otoo y yo. No era un luchador. Era todo dulzura y suavidad, una criatura de amor, aunque tenía un metro ochenta de estatura y los músculos de un gladiador. Poseía el corazón de un león, y en los años que siguieron lo vi correr riesgos que a mí jamás se me habría ocurrido aceptar. Quiero decir que si bien no tenía el espíritu de un combatiente, y aunque evitaba precipitar una pendencia, jamás huía de las riñas cuando comenzaban. Y cuando entraba en acción, había que cuidarse de él. Nunca olvidaré lo que le hizo a Bill King. Ocurrió en la Samoa alemana. Bill King era considerado el campeón de peso pesado de la Armada Norteamericana. Era una enorme bestia, un verdadero gorila, uno de esos tipos de puños duros y carácter violento, y muy listo para manejar las manos. Fue él quien inició la reyerta y propinó dos puntapiés a Otoo y un golpe de puño, antes de que éste entendiera que era necesario pelear. No creo que la riña durase más de cuatro minutos, al cabo de los cuales Bill King era el desdichado dueño de cuatro costillas rotas, un antebrazo fracturado y un omóplato dislocado. Otoo no sabía nada acerca del pugilismo científico. No era más que un aporreador, y Bill King necesitó unos tres meses para recuperarse del aporreo que recibió esa tarde, en la playa de Apia.

Pero me adelanto en mi narración. Compartimos la tapa de escotilla. Nos turnábamos, uno se echaba sobre la tapa y descansaba, en tanto que el otro, sumergido hasta el cuello, no hacía más que sostenerse con ambas manos. Durante dos días y sus noches, turnándonos, en la tapa y en el agua, derivamos hacia el océano. Hacia el final, yo deliraba casi todo el tiempo; y también había ocasiones en que oía a Otoo farfullar y desvariar en su lengua nativa. Nuestra continua inmersión nos impedía morir de sed, aunque el agua de mar y el sol nos convertían en la más bonita combinación de encurtidos humanos en salmuera, quemados por el sol.

A la postre, Otoo salvó mi vida; me encontré tirado en la playa, a unos cinco metros del agua, protegido del sol por un par de hojas de cocotero. Nadie, sino Otoo, habría podido arrastrarme hasta allí y arrancar las hojas para darme sombra. Él se hallaba echado a mi lado. Me desvanecí de nuevo y, cuando volví en mí otra vez, era una noche fresca y estrellada, y Otoo apretaba contra mis labios un coco, del cual me hacía beber.

Éramos los únicos sobrevivientes de la *Petite Jeanne.* El capitán Oudouse debe de haber sucumbido de agotamiento, porque varios días después, su tapa de escotilla llegó a la costa sin él. Otoo y yo vivimos con los nativos del atolón durante una semana, en que fuimos rescatados por un crucero francés y llevados a Tahití. Entretanto, habíamos cumplido con la ceremonia de intercambiar nombres. En los Mares del Sur, esa ceremonia une a dos hombres en mucha mayor medida que los lazos de sangre. La iniciativa fue mía, y Otoo se mostró arrobadoramente encantado cuando lo sugerí.

—Está bien —dijo en tahitiano—. Pues fuimos compañeros, juntos, durante dos días, en los labios de la Muerte.

—Pero la Muerte tartamudeaba —sonreí.

—La tuya fue una acción valiente, amo —replicó—, y la Muerte no tuvo la suficiente vileza para hablar.

—¿A qué viene eso de "amo"? —le pregunté con gran exhibición de sentimientos heridos—. Hemos intercambiado nombres. Para ti soy Otoo. Para mí eres Charley. Y entre tú y yo, por siempre jamás, tú serás Charley y yo Otoo. Es la costumbre. Y cuando nos toque morir si ocurre que volvemos a vivir en algún lugar, más allá de las estrellas y del cielo, tú seguirás siendo Charley para mí y yo Otoo para ti.

—Sí, amo —respondió, con los ojos luminosos y tiernos de alegría.

—¡Otra vez! —exclamé, indignado.

—¿Qué importa lo que dicen mis labios? —argumentó—. Son nada más que mis labios. Pero siempre pensaré en Otoo. Cuando piense en mí, pensaré en ti. Cuando los hombres me llamen por mi nombre, pensaré en ti. Y más allá del cielo, siempre y por la eternidad, serás Otoo para mí. ¿Está bien, amo?

Oculté mi sonrisa y contesté que estaba bien.

Nos separamos en Papeete. Yo me quedé en tierra para recuperarme y él fue en un balandro a su propia isla, Borabora. Seis semanas más tarde se encontraba de regreso. Me sorprendió, porque me había hablado de su esposa, y me dijo que volvía con ella y que dejaría de hacer viajes prolongados,

—¿Adónde vas, amo? —me preguntó luego de nuestros primeros saludos.

Me encogí de hombros. Era una pregunta difícil.

—A todo el mundo —fue mi respuesta—; a todo el mundo, y todos los mares, y todas las islas que existen en el mar.

—Iré contigo —dijo con sencillez—. Mi esposa ha muerto.

Nunca tuve un hermano, pero por lo que he visto de los hermanos de otros, dudo que hombre alguno haya tenido jamás un hermano que fuese para él lo que Otoo fue para mí. Fue hermano y, además, padre y madre. Y esto lo sé: viví como un hombre más recto y mejor gracias a Otoo. Los demás hombres me importaban poco, pero tenía que llevar una vida recta ante los ojos de Otoo. Por él, no me atrevía a enlodarme. Me convirtió en su ideal, y me temo que me formó con su propio afecto y adoración; y hubo ocasiones en que me hallé muy cerca del profundo hoyo del Infierno, y me habría zambullido en él si no me hubiese contenido el pensar en Otoo. Su orgullo por mí penetró en mi ser, hasta que se convirtió en una de las principales regias de mi código personal el no hacer nada que pudiese disminuir ese orgullo.

Por supuesto, no me enteré enseguida de cuáles eran sus sentimientos hacia mí. Jamás criticaba, nunca censuraba; y poco a poco vislumbré el empinado rango que ocupaba en su opinión, y poco a poco llegué a comprender la herida que podía inferirle si era algo menos que lo mejor.

Pasamos diecisiete años juntos; durante diecisiete años estuvo al lado de mi hombro, vigilándome mientras dormía, curándome fiebres y heridas... Sí, y recibiendo heridas en peleas en mi defensa. Viajaba como tripulante en los mismos barcos que yo, y juntos recorrimos el Pacífico, desde Hawaii hasta Sydney, y desde el estrecho de Torres hasta las Galápagos. Hicimos el tráfico de negros desde las Nuevas Hébridas hasta las islas Línea, hacia el oeste, pasando por las Luisiadas, Nueva Bretaña, Nueva Irlanda y Nueva Hanover. Naufragamos tres veces: en las Gilbert, en el grupo Santa Cruz y en las Fiji. Y él comerciaba y salvaba barcos cada vez que surgía la promesa de un dólar en forma de perlas y madreperla, *bêche-de-mer*, carey y restos de naufragios.

Todo empezó en Papeete, inmediatamente después de su anuncio de que recorrería conmigo todo el océano, y las islas que lo salpicaban. En esos días había un club en Papeete, donde se reunían los compradores de perlas, los traficantes, los capitanes y la resaca de los aventureros de los Mares del Sur. El juego se hacía con apuestas altas y la bebida corría a raudales; y mucho me temo que yo trasnochaba más de lo que era conveniente o decoroso. No importa cuál fuese la hora, cuando abandonaba el club, allí estaba Otoo, esperándome para llevarme a casa.

Al principio, yo sonreía; luego lo regañé. Después le dije, lisa y llanamente, que no necesitaba nodrizas. A partir de entonces, ya no lo vi cuando salía del club. Muy por accidente, una semana más tarde, descubrí que continuaba acompañándome a casa, agazapado en la acera de enfrente, entre las sombras de los árboles de mango. ¿Qué podía hacer? Sé qué hice.

Sin darme cuenta, comencé a corregir mis horarios. En las noches húmedas y tormentosas, en lo más denso de la locura y la diversión, no me abandonaba el pensamiento de Otoo, en su monótona vigilia bajo los chorreantes mangos. En verdad, me convirtió en un hombre mejor de lo que era. Pero no era un mojigato. Y nada sabía acerca de la moral cristiana común.

Todas las personas de Borabora eran cristianas; pero él era un pagano, el único no creyente de la isla, un grosero materialista, quien creía que cuando moría, quedaba muerto. Sólo creía en el juego limpio y en la rectitud en el trato con los demás. La mezquindad, en su código, era casi tan grave como un homicidio injustificable; y creo que respetaba más a un asesino que a un hombre dedicado a prácticas mezquinas.

En lo referente a mí, se oponía a que hiciese nada que me resultara pernicioso. El juego de azar estaba bien. Él mismo era un ardoroso jugador. Pero las trasnochadas, me explicó, eran malas para la salud. Había visto morir de fiebre a hombres que no se cuidaban. No era un abstemio y aceptaba un trago fuerte en cualquier momento, cuando había que mojarse en el trabajo en los barcos. Por otro lado, creía en la moderación en las bebidas alcohólicas. Había visto a muchos hombres muertos o deshonrados por la ginebra o el *whisky* escocés.

Otoo cuidaba de verdad mi bienestar. Planeaba las cosas en mi lugar, sopesaba mis propios planes, y se interesaba más en ellos que yo mismo. Al principio, cuando no tenía conciencia de su interés en mis asuntos, él se veía obligado a adivinar mis intenciones, como, por ejemplo, en Papeete, cuando pensé en formar sociedad con un bribón de compatriota, en una empresa de explotación de guano. Yo no sabía que el individuo era un pillastre. Tampoco lo sabía ningún hombre blanco de Papeete. Ni Otoo, pero vio hasta qué punto andábamos juntos, y lo averiguó, y sin que yo se lo pidiera. Los marineros nativos de los confines del océano merodean por las playas de Tahití, y Otoo, sólo por suspicacia, se metió entre ellos hasta que reunió suficientes datos para justificar sus sospechas. Oh, era una bonita historia, la de Randolph Waters. No pude creerla cuando Otoo me la narró, pero cuando enfrenté a Waters con ella, se rindió sin un murmullo y se embarcó en el primer vapor que zarpaba para Auckland.

Al principio, lo confieso, no pude evitar que me molestara el hecho de que Otoo metiese la nariz en mis asuntos. Pero sabía que era por completo abnegado, y pronto tuve que reconocer su prudencia y discreción. Siempre tenía los ojos abiertos respecto de mis mejores posibilidades, y era a la vez perspicaz y de visión clara. Con el tiempo se convirtió en mi consejero, hasta llegar a saber de mis negocios más que yo mismo. Yo vivía con la magnífica negligencia de la juventud, pues prefería el romanticismo a los dólares, y la aventura a un alojamiento cómodo, con toda la noche por delante. De manera que era bueno tener a alguien que me cuidase. Sé que si no hubiera sido por Otoo, hoy no estaría aquí.

De entre numerosos ejemplos, permítame dar uno. Tenía cierta experiencia en el tráfico de negros cuando me dediqué a la compra de perlas en las Paumoto. Otoo y yo nos encontrábamos en la playa, en Samoa —en realidad nos hallábamos en la playa, y varados—, cuando me llegó la ocasión de viajar en un bergantín como reclutador de negros. Otoo se enganchó como tripulante, y durante los seis años que siguieron, en otros tantos barcos, recorrimos las partes más salvajes de Melanesia. Otoo se ocupó de ser siempre el primer remero de mi bote. Nuestra costumbre, en el reclutamiento de trabajadores, era dejar al reclutador en la playa. El bote de protección siempre queda anclado a varias decenas de metros de la playa, en tanto que el del reclutador, con los remeros descansando, flota al borde del agua. Cuando desembarcaba con mis mercancías, dejando el remo de timón, Otoo abandonaba su banco de remero e iba hacia los escotines de popa, donde siempre había preparado un *winchester*, al alcance de la mano, bajo un trozo de lona. La tripulación del bote también iba armada, con las *sniders* ocultas debajo de lonas que corrían a todo lo largo de las bordas. Mientras yo me encontraba ocupado, discutiendo y convenciendo a los caníbales de cabello lanoso de que fuesen a trabajar en las plantaciones de Queensland, Otoo vigilaba. Y muchísimas veces su voz baja me advirtió de acciones sospechosas y traiciones inminentes. En ocasiones, la primera advertencia que recibía era el veloz disparo de su rifle. Y en mi carrera al bote, su mano estaba siempre allí para subirme a bordo de un jalón. Recuerdo que una vez, en el *Santa Anna*, los problemas comenzaron en cuanto encallamos. El bote de protección se precipitó en nuestra ayuda, pero las veintenas de salvajes nos habrían liquidado antes que llegase. Otoo se lanzó de un salto a la playa, metió ambas manos en las mercancías de trueque y dispersó en todas direcciones tabaco, cuentas, hachuelas de guerra, cuchillos y percales.

Aquello fue demasiado para los de cabello crespo. Mientras se arrebataban los tesoros unos a otros, el bote fue empujado, y ya nos encontrábamos a bordo y a diez metros de distancia. Y en las cuatro horas siguientes conseguí treinta reclutas en esa misma playa.

El caso a que me refiero ocurrió en Malaita, la isla más salvaje de las Salomón orientales. Los nativos se habían mostrado notablemente amistosos, ¿y cómo podíamos saber que toda la isla hacía una colecta desde hacia años para comprar la cabeza de un blanco? Los malditos son todos cazadores de cabezas, y tienen una especial estima por la de los blancos. El individuo que capturase la cabeza recibiría todo lo recolectado. Como digo, parecían muy amistosos, y ese día me hallaba a cien metros del bote, playa abajo.

Otoo me había prevenido, y como ocurría siempre que no le hacía caso, me vi en problemas.

Antes de que me diese cuenta de nada, una nube de lanzas brotó del pantano de mangles en mi dirección. Por lo menos se me clavó una docena. Comencé a correr, pero tropecé en una que se me había clavado en la pantorrilla, y caí. Los de cabeza lanuda se precipitaron hacia mí, cada uno con una hachuela de mango largo, en cola de milano, para decapitarme. Estaban tan ansiosos por conseguir el premio, que se molestaban los unos a los otros. Eludí varias hachas, rodando a izquierda y derecha, en la arena.

Entonces llegó Otoo. Otoo, el aporreador. De alguna manera se había agenciado una pesada porra de guerra, y en el cuerpo a cuerpo era un arma mucho más eficiente que un rifle. Se metió entre ellos, de modo que no pudieran lancearlo, en tanto que sus hachas parecían poco menos que inútiles. Luchaba por mí, y tenía una verdadera furia demencial. La manera en que manejaba la porra era sorprendente. Los cráneos de los negros se aplastaban como naranjas demasiado maduras. Sólo cuando los hizo retroceder, me levantó en brazos y corrió, recibió las primeras heridas. Llegó al bote con cuatro lanzazos, tomó su *winchester* y con ella derribó a un hombre con cada disparo. Luego subimos a bordo de la goleta y nos curamos.

Pasamos juntos diecisiete años. Él me hizo. A no ser por él, hoy sería un sobrecargo, un reclutador o un recuerdo.

—Gastas el dinero, y vas y consigues más —me dijo un día—. Ahora es fácil conseguir dinero. Pero cuando envejezcas, el dinero habrá sido gastado y no podrás ir a buscar más. Yo lo sé, amo. Estudié las costumbres de los blancos. En las playas hay muchos viejos que antes fueron jóvenes, y que ganaban el dinero como tú. Ahora son viejos y no tienen nada, y esperan que los jóvenes como tú bajen a tierra para pedirles que les paguen un trago. El muchacho negro es un esclavo en las plantaciones. Recibe veinte dólares por año. Trabaja mucho. El capataz no trabaja mucho. Monta a caballo y mira trabajar al joven negro. Recibe mil doscientos dólares anuales. Yo soy marinero en la goleta. Me dan quince dólares por mes. Eso, porque soy un buen marinero. Trabajo mucho. El capitán tiene una toldilla doble y bebe cerveza de botellas largas. Nunca lo vi halar un cabo o tirar de un remo. Recibe ciento cincuenta dólares por mes. Yo soy un marinero. Él es un navegante. Amo, creo que te sería muy útil conocer de navegación.

Otoo me acicateó a ello. Viajó conmigo como segundo oficial en mi primera goleta, y se enorgullecía más de mi cargo que yo mismo. Más tarde fue:

—El capitán recibe buena paga, amo, pero el barco se encuentra bajo su responsabilidad, y nunca se ve libre de la carga. El dueño está mejor pagado... Y el dueño está sentado en tierra, con muchos criados, y multiplica su dinero.

—Es cierto, pero una goleta cuesta cinco mil dólares... Y hablo de una goleta vieja —repliqué—. Seré un viejo antes de haber ahorrado cinco mil dólares.

—Hay caminos más breves para los blancos que quieren ganar dinero —dijo, y señaló la playa orlada de cocoteros.

En ese momento nos hallábamos en las Salomón, recogiendo un cargamento de marfil vegetal en la costa este de Guadalcanal.

—Entre la boca de este río y la siguiente hay tres kilómetros —dijo—. La llanura se extiende hasta mucho más allá. El año que viene (¿quién sabe?), o el otro, los hombres pagarán mucho dinero por esas tierras. Los ancladeros son buenos. Los vapores grandes pueden acercarse mucho. Puedes comprarle tierras de seis kilómetros de fondo al viejo jefe, por diez mil tacos de tabaco, diez botellas de ginebra y una *snider*, que tal vez te cuesten cien dólares. Entonces dejas la escritura en manos del comisionado, y el año que viene vendes y te conviertes en dueño de un barco.

Seguí su consejo y sus palabras se hicieron ciertas, aunque en tres años, no en dos. Después vino el negocio de las praderas en Guadalcanal, ocho mil hectáreas, en un arriendo gubernamental de novecientos noventa y nueve años, por una suma nominal. Yo fui dueño del contrato de arriendo exactamente durante noventa días, y luego se lo vendí a una compañía por la mitad de una fortuna. Y siempre era Otoo quien miraba hacia adelante y veía la oportunidad. Fue el responsable del salvataje del Doncaster; lo compró en una subasta en cien esterlinas y ganó tres mil después de pagar todos los gastos. Me condujo a la plantación de Savai y al negocio del cacao en Upolu.

Ya no navegábamos tanto como antes. Yo estaba en una posición demasiado buena. Me casé y mi nivel de vida se elevó, pero Otoo siguió siendo el mismo de siempre, andaba por la casa o rondaba por la oficina, con la pipa de madera en la boca, una camiseta de un chelín cubriéndole el pecho y la espalda, y un lavalava de cuatro chelines en los ijares. No conseguía hacerle gastar dinero. No había forma de recompensarlo, como no fuese con cariño, y Dios sabe que lo recibió de todos nosotros en su plena medida. Los chicos lo adoraban, y si se lo hubiera podido mimar, sin duda que mi esposa lo habría arruinado.

¡Los chicos! En verdad fue él quien les enseñó a caminar por el mundo práctico. Comenzó por enseñarles a andar. Permanecía junto a ellos cuando estaban enfermos. Uno por uno, cuando apenas gateaban, los llevaba a la laguna y los convertía en anfibios. Les enseñó más de lo que yo jamás supe sobre las costumbres de los peces y la forma de pescarlos. En el monte, lo mismo. A los siete años, Tom sabía sobre caza y bosques, más de lo que alguna vez soñé que existiera. A los seis, Mary cruzó la Roca Movediza sin un estremecimiento, y yo he visto a siete hombres fuertes retroceder en el momento de intentar esa hazaña. Y cuando Frank cumplió los seis, podía recoger monedas de un chelín, del fondo del agua, a una profundidad de tres brazas.

—A mi gente de Borabora no les gustan los paganos; son todos cristianos. Y a mí no me gustan los cristianos de Borabora —me dijo un día, cuando, con la idea de hacerle gastar un poco más del dinero que le correspondía por derecho, traté de convencerlo de que visitara su isla en una de nuestras goletas: un viaje especial, en el cual abrigaba la esperanza de quebrar todas las marcas en materia de prodigalidad de gastos.

Digo una de nuestras goletas, aunque en esa época, en términos legales, me pertenecían. Tuve que luchar mucho con él para que aceptara la sociedad.

—Hemos sido socios desde el día en que se hundió la *Petite Jeanne* —dijo al final—. Pero si tu corazón así lo desea, nos haremos socios por ley. No tengo trabajo qué hacer y, sin embargo, mis gastos son grandes. Bebo, y como, y fumo en abundancia... Y yo sé que eso cuesta mucho. No pago por jugar al billar, porque juego en tu mesa; pero aun así, el dinero se va. Pescar en los arrecifes es un placer de ricos. Es escandaloso el precio de los anzuelos y el sedal de algodón. Sí; es necesario que seamos socios por ley. Necesito el dinero. Se lo pediré al jefe de los empleados de la oficina.

Así que se redactaron los documentos y se los registró. Un año después me vi obligado a quejarme.

—Charley —le dije—, eres un perverso viejo embustero, un avaro del demonio, un desdichado cangrejo de tierra. Mira, tu parte del año en la sociedad ha sido de miles de dólares. El jefe de la oficina me dio este papel. Dice que en el año sólo retiraste ochenta y siete dólares y veinte centavos.

—¿Se me debe algo? —preguntó con ansiedad.

—Te digo que miles y miles —contesté.

El rostro se le iluminó, como con un inmenso alivio.

—Está bien —declaró—. Cuida que ese hombre lleve bien la cuenta. Cuando lo necesite, lo querré, y no debe faltar ni un centavo. Si falta —agregó con ferocidad, luego de una pausa—, tendrá que salir del salario del jefe.

Y mientras tanto, como me enteré después, su testamento, redactado por Carruthers, en el cual me nombraba único beneficiario, se encontraba depositado en la caja fuerte del cónsul norteamericano.

Pero llegó el final, como debe llegar el final de todas las asociaciones humanas. Ocurrió en las Salomón, donde habíamos hecho nuestros trabajos más locos en los locos días de juventud, y donde estábamos una vez más, en primer lugar, de vacaciones, y, de pasada, para inspeccionar nuestras posesiones en la isla Florida y estudiar las posibilidades de pesca de perlas en el paso Mboli. Nos hallábamos anclados en Savu, adonde llegamos para hacer trueques por curiosidades del lugar.

Ahora bien, Savu hierve de tiburones. La costumbre de los cabeza lanuda, de sepultar a sus muertos en el mar, no tendía a desalentar a los tiburones de convertir las aguas adyacentes en su lugar de cita. Quiso mi suerte que llegase a bordo de una canoa nativa minúscula, sobrecargada, cuando zozobró. En ella íbamos cuatro negros y yo, o más bien, nos aferrábamos a ella. La goleta se encontraba a cien metros de allí. Me puse a gritar pidiendo un bote, cuando uno de los cabeza lanuda prorrumpió en gritos. Aferrado al extremo de la canoa, tanto él como esa porción de la canoa fueron hundidos varias veces. Luego soltó su asidero y desapareció. Se lo había llevado un tiburón.

Los tres cabezas lanudas que quedaban trataron de salir del agua y treparse al fondo de la canoa dada vuelta. Grité y maldije y golpeé al más cercano con el puño, pero fue inútil. Estaban ciegos de miedo. La canoa apenas habría podido sostener a uno. Bajo el peso de los tres, se levantó y rodó de costado, lanzándolos al agua.

Abandoné la canoa y comencé a nadar hacia la goleta, con la esperanza de ser recogido por el bote antes de llegar. Uno de los cabeza lanuda prefirió seguir conmigo y nadamos en silencio, juntos, metiendo de vez en cuando la cabeza debajo del agua, para buscar tiburones. Los gritos del hombre que se quedó en la canoa nos informaron que había sido atrapado. Yo miraba por debajo del agua cuando vi pasar un enorme tiburón debajo de mí. Tenía cinco metros de largo. Lo vi todo. Pescó al cabeza lanuda por la cintura, y allí se fue el pobre diablo, cabeza, hombros y brazos fuera del agua todo el tiempo, lanzando unos chillidos desgarradores. De esa forma fue arrastrado varias decenas de metros y luego se hundió bajo la superficie.

Continué nadando con empecinamiento, con la esperanza de que hubiese sido el último tiburón suelto. Pero había otro. No sé si era uno de los que atacaron antes a los nativos o si había hecho una buena comida en otra parte. Sea como fuere, no tenía tanta prisa como los otros. Yo ya no podía nadar con tanta rapidez, pues buena parte de mis esfuerzos estaban destinados a vigilar su avance. Estaba mirándolo, cuando lanzó su primer ataque. Para mi buena suerte, pude apoyar las dos manos sobre su nariz, y aunque su impulso casi me hundió, conseguí rechazarlo. La segunda vez escapé con la misma maniobra. La tercera embestida fue un yerro por ambas partes. Se apartó en el momento en que mis manos se habían depositado sobre su nariz, pero su piel áspera (yo llevaba puesta una camiseta sin mangas) me arrancó la mía de un brazo, del codo al hombro.

Para entonces me sentía agotado y abandoné mis esperanzas. La goleta aún estaba a sesenta metros. Tenía metida la cara en el agua y lo observaba maniobrar para otro intento, cuando vi pasar un cuerpo moreno entre nosotros. Era Otoo.

—¡Nada hacia la goleta, amo! —gritó. Y lo hizo con alegría, como si el asunto fuese una simple diversión—. Conozco a los tiburones. Este tiburón era mi hermano.

Obedecí y seguí nadando con lentitud, en tanto que Otoo nadaba a mi alrededor, entre el tiburón y yo, frenando sus acometidas y alentándome.

—El aparejo del pescante se desprendió, y están aparejando las betas —me explicó un minuto más tarde, y luego se zambulló para rechazar otro ataque.

Cuando la goleta estaba a diez metros, yo me encontraba casi agotado. Casi no podía moverme. Desde el barco nos arrojaban líneas, pero siempre quedaban cortas. Al ver que no recibía ningún daño, el tiburón se volvió más audaz. Varias veces se acercó a mí, pero en cada ocasión aparecía Otoo un instante antes que fuese demasiado tarde. Es claro que él habría podido salvarse en cualquier momento. Pero continuó a mi lado.

—¡Adiós, Charley! ¡Estoy listo! —pude jadear.

Sabía que había llegado el final y que en el momento siguiente debería aflojar los brazos y dejarme caer.

Pero Otoo se rió en mi cara y dijo:

—Te enseñaré una nueva treta. ¡Haré que ese tiburón se sienta enfermo!

Se puso detrás de mí, donde el tiburón se disponía a atacarme.

—¡Un poco más a la izquierda! —gritó en seguida—. Hay un cabo allí, en el agua. ¡A la izquierda, amo... a la izquierda!

Cambié de rumbo y busqué a ciegas. Para entonces me hallaba casi inconsciente. Cuando mi mano se cerraba en el cabo, oí una exclamación desde arriba.

Me volví y miré. No había señales de Otoo. En el instante siguiente surgió a la superficie. Tenía las dos manos cortadas en las muñecas y de los muñones brotaba sangre.

—¡Otoo! —llamó con voz suave. Y pude ver en su mirada el afecto que temblaba en su voz. Entonces, y sólo entonces, al cabo de todos nuestros años, me llamó por ese nombre.

—¡Adiós, Otoo! —exclamó.

Fue tironeado hacia abajo, y yo subido a bordo, donde me desvanecí en brazos del capitán.

Y así se fue Otoo, quien me salvó y me convirtió en un hombre, y que a la postre volvió a salvarme. Nos encontramos en las fauces de un huracán y nos despedimos en las de un tiburón, con diecisiete años intermedios de camaradería, que me atrevo a afirmar que nunca existió entre otros dos hombres, el uno moreno y el otro blanco. Si Jehová, desde Su altura, mira caer a todos los gorriones, no será Otoo, el único pagano de Borabora, el menos importante en Su reino.

EL DIENTE DE BALLENA

En los primeros días de las islas Fidji, John Starhurst entró en la casa-misión del pueblecito de Rewa y anunció su propósito de propagar las enseñanzas de la Biblia a través de todo el archipiélago de Viti Levu. Viti Levu quiere decir "Gran Tierra", y es la mayor de todas las islas del archipiélago. Aquí y allá, a lo largo de las costas, viven del modo más precario un grupo de misioneros, mercaderes y desertores de barcos balleneros.

El Lotu,[1] o la devoción y la fe, progresaba muy poco, y algunas veces los al parecer conversos arrepentíanse de un modo lamentable. Jefes que presumían de ser cristianos, y eran por tanto admitidos en la capilla, tenían la desesperante costumbre de dar al olvido cuanto habían aprendido para darse el placer de participar del banquete en el que la carne de algún enemigo servía de alimento. Comer a otro o ser comido por los demás era la única ley imperante en aquel país, la cual tenía trazas de perdurar eternamente en aquellas islas. Había jefes, como Tanoa, Tuiveikoso y Tuikilakila, que se habían comido a cientos de seres humanos. Pero entre estos glotones descollaba uno llamado Ra Undreundre. Vivía en Takiraki y registraba cuidadosamente sus banquetes. Una hilera de piedras colocadas delante de su casa marcaba el número de personas que se había comido. La hilera tenía una extensión de doscientos treinta pasos y las piedras sumaban un total de ochocientas setenta y dos, representando cada una de ellas a una

---

1 "Cristianismo." [N. del E.]

de las víctimas. La hilera hubiera llegado a ser mayor, si no hubiese sucedido el que Ra Undreundre recibió un estacazo en la cabeza en una ligera escaramuza que hubo en Sorno Sorno, a continuación de la cual fue servido en la mesa de Naungavuli, cuya mediocre hilera de piedras alcanzó tan sólo el exiguo total de ochenta y ocho. Los pobres misioneros, atacados por la fiebre, trabajaban arduamente esperando que el fuego de Pentecostés iluminara las almas de los salvajes. Pero los caníbales de Fidji se resistían a dejarse civilizar mientras tuvieran provisiones abundantes de carne humana.

Por aquella época fue cuando John Starhurst proclamó su intención de enseñar la Biblia de costa a costa y su propósito de penetrar en las montañas del interior, al norte de Rewa River. Sus palabras fueron recibidas con consternación.

Los maestros indígenas lloraban silenciosamente. Sus compañeros misioneros trataron en vano de disuadirle. El rey de Rewa le advirtió que seguramente los montañeses le aplicarían, en cuanto lo vieran, el *kaikai* —esto es, que se lo comerían—, y que él, el rey de Rewa, convertido al Lotu, no tendría más remedio que declarar la guerra a los montañeses, que le vencerían, que se lo comerían y luego entrarían a saco en Rewa, y por tanto, esta guerra costaría cientos de víctimas. Más tarde, una comisión de jefes indígenas de allí mismo se entrevistó con él.

Starhurst los escuchó pacientemente, pero no cambió un ápice su decisión y modo de pensar. A sus compañeros, los misioneros, les dijo que él no tenía vocación de mártir, pero que estaba seguro de que enseñando la Biblia en todo el Viti Levu no hacía más que cumplir un mandato divino, y que se creía el escogido por Dios para tal fin.

Y a los mercaderes, que apelaron con grandes argumentos, les dijo:

—Sus observaciones no tienen para mí valor alguno, están inspiradas en el temor de los daños que en sus mercaderías se puedan causar. Ustedes están muy interesados en ganar dinero, y yo en salvar almas. Hay que salvar a los habitantes de estas islas negras.

John Starhurst no era un fanático. Hubiera sido él el primero en negar esta imputación. Era un hombre eminentemente sano y práctico, estaba seguro de que su misión iba a ser un gran éxito, pues tenía la certeza de que la luz divina alumbraría las almas de los montañeses, provocando una sana revolución espiritual en todas las islas. En sus suaves ojos grises no había destellos de iluminado, pero sí se veía una inalterable resolución emanada de la fe que tenía en el Poder Divino, que era el que le guiaba.

Un hombre tan sólo aprobó la decisión de Starhurst. Era Ra Vatu, que le animaba en secreto y le ofreció guías hasta las primeras estribaciones de las montañas. El corazón de Ra Vatu, que había sido uno de los indígenas de peores instintos, comenzaba a emanar luz y bondad. Ya había hablado de convertirse al Lotu. Tres años antes había expresado la misma intención, y hubiera tenido acceso a la pequeña capilla de los misioneros, a no ser por sus cuatro mujeres, a las cuales quería conservar. Ra Vatu tenía objeciones económicas y éticas hacia la monogamia. Además, la escrupulosa objeción de los misioneros lo había ofendido, y para probar que era un agente libre y un hombre de honor había blandido su maza de guerra sobre la cabeza de Starhurst, quien había escapado precipitándose bajo la estaca, ciñéndola contra él, hasta que la ayuda llegó. Pero ahora todo estaba olvidado y perdonado. Ra Vatu había entrado a la iglesia no sólo como un converso en la fe, sino también como un converso a la monogamia, y había asegurado a Starhurst que sería monógamo tan pronto como su primera mujer, que a la sazón estaba muy enferma, muriese.

John Starhurst comenzó su gran empresa por el río Rewa en una de las canoas de Ra Vatu. Esta canoa lo llevaría por dos días; cuando la cabeza de navegación la alcanzara, debía volver. A distancia, recortándose la silueta en el cielo, divisábanse las montañas, en las que se veían varias columnitas de humo que marcaban el traspatio de la Gran Tierra. Starhurst las contemplaba con cierta impaciencia.

Algunas veces rezaba en silencio; otras uníase a sus rezos un maestro indígena que le acompañaba. Narau, que así se llamaba, se había convertido al Lotu desde hacía siete años, cuando su alma había sido salvada del Infierno por el doctor James Ellery Brown, el cual le había conquistado con unas plantas de tabaco, dos mantas de algodón y una gran botella de un licor balsámico. A última hora, y después de cerca de veinte horas de solitaria meditación, Narau había tenido la inspiración de acompañar a Starhurst en su viaje de predicación por las montañas inhospitalarias.

—Maestro, con toda seguridad te acompañaré —le había anunciado.

El misionero le abrazó con gran alegría; no cabía duda de que Dios estaba con él, ya que con su ejemplo había influido en un hombre tan pobre de espíritu como Narau, obligándole a seguirle.

—Yo realmente no tengo valor, soy el más débil de los siervos del Señor —decía Narau durante la travesía del primer día de viaje en canoa.

—Debes tener fe, mucha fe —replicaba, animándole, Starhurst.

Otra canoa remontaba aquel mismo día el río Rewa, pero con una hora de retraso a la del misionero, y tomaba grandes precauciones para no ser vista. Iba ocupada por Erirola, primo mayor de Ra Vatu y su hombre de confianza. En un cestito, y siempre a la mano, llevaba un diente de ballena. Era un ejemplar magnífico; tenía quince centímetros de largo, de bellísimas proporciones, y el marfil, con los años, había adquirido tonalidades amarillentas y purpúreas. El diente era propiedad de Ra Vatu, y en Fidji, cuando un diente de esa calidad intervenía en las cosas, éstas salían siempre a pedir de boca, pues es ésta la virtud de los dientes de ballena. Cualquiera que sea el que acepta este talismán, no puede rehusar lo que se le pida antes o después de la entrega, y no hay un solo indígena capaz de faltar al compromiso que al aceptarlo contrae. La petición puede ser desde una vida humana hasta la más trivial de las alianzas o peticiones.

Más allá, río arriba, en el pueblo de un jefe llamado Mongondro, John Starhurst descansó al final del segundo día de canoa. A la mañana siguiente, y acompañado por Narau, pensaba salir a pie hacia las humeantes montañas, que ahora, de cerca, eran verdes y aterciopeladas. Mongondro era viejo y pequeño, de modales afables y estaba enfermo de elefantiasis; por tanto, ya la guerra, con sus turbulencias, no le atraía. Recibió al misionero con cariñosas demostraciones, le sentó a su mesa y discutió con él de cuestiones religiosas. Mongondro tenía un espíritu muy inquisitivo y rogó a Starhurst que le explicase el principio del mundo. Con verdadera unción y palabra precisa, el misionero le relató el origen del mundo de acuerdo con el Génesis, y pudo observar que Mongondro estaba muy afectado. El pequeño y viejo jefe fumaba silenciosamente una pipa y, quitándola de entre sus labios, movió tristemente la cabeza.

—No puede ser —dijo—. Yo, Mongondro, en mi juventud, era un excelente carpintero, y aun así tardé tres meses en hacer una canoa, una pequeña canoa, una muy pequeña canoa. ¡Y tú dices que toda la tierra y toda el agua fue hecha por un solo hombre...!

—Ya lo creo; han sido hechas por Dios, por el único Dios verdadero —interrumpió Starhurst.

—¡Es lo mismo —continuó Mongondro— que toda la tierra, el agua, los árboles, los peces, los matorrales, las montañas, el sol, la luna, las estrellas, hayan sido hechos en seis días! No, no y no. Ya te he dicho que en mi juventud era muy hábil y tardé tres meses en hacer una pequeña canoa. Eso es una historia para chicos, que ningún hombre puede creerla.

—Yo soy un hombre —dijo el misionero.

—Seguro, tú eres un hombre; pero mi oscuro entendimiento no puede entender lo que tú crees.

—Pues yo te aseguro que creo firmemente que todo fue hecho en seis días.

—Eso dices tú, eso dices tú —replicaba humildemente el viejo caníbal.

Cuando John Starhurst y Narau se fueron a dormir, entró en la cabaña Erirola, quien, después de un discurso diplomático, entregó el diente de ballena a Mongondro.

El jefe lo examinó; era muy bonito y deseaba poseerlo, pero también adivinó lo que le iban a pedir,

—No, no; el diente de ballena es muy hermoso —y su boca decía ello, pero, al tiempo, se lo devolvía a Erirola con grandes excusas.

Al amanecer del día siguiente, Starhurst se dirigió a pie, calzado con sus hermosas botas altas de una sola pieza, precedido de un guía que le había proporcionado Mongondro, hacia las montañas. Seguíale el fiel Narau, y kilómetro y medio detrás, y procurando no ser visto, iba Erirola, siempre con el cesto en el que llevaba guardado el famoso diente de ballena. Durante dos días fue siguiendo los pasos del misionero y ofreciendo el diente a todos los jefes de los pueblos por donde pasaban, pero ninguno quería aceptarlo, pues la oferta era hecha tan inmediatamente después de la llegada del misionero que, sospechando todos la petición que les iban a hacer a cambio del diente, rechazaban el magnífico presente.

Íbanse internando más en las montañas, y Erirola, aprovechando pasos secretos y directos, optó por dirigirse a la residencia del Buli de Gatoka, rey de las montañas. El Buli no tenía noticias de la llegada del misionero, y como el diente era un soberbio y bello talismán, fue aceptado con grandes muestras de júbilo por parte de todos los que le rodeaban. Los asistentes estallaron en una especie de aplauso al posesionarse del diente el Buli y a grandes voces cantaban a coro:

—*¡A, woi, woi, woi! ¡A, woi, woi, woi! ¡A tabua levu! ¡Woi, woi! ¡A mudua, mudua, mudua!*

—Pronto llegará aquí un hombre blanco —comenzó a decir Erirola después de una breve pausa—. Es un misionero y llegará de un momento a otro. A Ra Vatu le gustaría tener sus botas, pues quiere regalárselas a su buen amigo Mongondro, y también desearía que los pies se quedasen dentro de las botas, pues Mongondro es un pobre viejo y tiene los dientes estropeados. Asegúrate, gran Buli, de que los pies se queden dentro. El resto del misionero se puede quedar aquí.

La alegría del regalo del diente aminoró con tal petición, pero ya no había modo de rehusar, estaba aceptado.

—Una pequeñez como es un misionero no tiene importancia —replicó Erirola.

—Tienes razón, no tiene importancia —dijo en alta voz el Buli—. Mongondro tendrá las botas. Vayan tres o cuatro de ustedes, y tráiganme al misionero. Tengan cuidado de que las botas no se estropeen o se vayan a perder.

—Ya es tarde —exclamó Erirola—. Escuchen, ya viene.

A través de la maleza espesísima, John Starhurst, seguido de cerca por Narau, apareció. Las famosas botas se le habían llenado de agua al vadear el río y arrojaban finísimos surtidores a cada paso que daba. En la mirada del misionero se leía la voluntad y el deseo de vencer. Tan convencido estaba de que su misión era inspiración divina, que no tenía ni la más ligera sombra de miedo, a pesar de que sabía que él era el primer hombre blanco que se había atrevido a penetrar en los inexpugnables dominios de Gatoka.

Las chozas estaban afianzadas a la empinada montaña o sobresalían sobre Rewa. Al otro lado había un impresionante precipicio. A lo más, el sol lograba penetrar durante tres horas en ese estrecho desfiladero. No había cocos ni plátanos qu se pudieran ver, aunque la densa vegetación tropical lo invadiera todo, se sentía la humedad que brotaba de los labios brillantes del precipicio y corría descontrolada por toda la hendidura. A lo lejos, al final del desfiladero de Rewa, caía una catarata de doscientos cincuenta metros de alto, mientras en la atmósfera se sentía que el pulso de aquella fortaleza latía al tormentoso ritmo de aquella cascada. John Starhurst vio al Buli salir de su casa seguido de su séquito.

—Te traigo buenas nuevas —fue el saludo del misionero.

—¿Quién te ha enviado? —preguntó el Buli sorda y pausadamente.

—Dios.

—Ese nombre es nuevo en Viti Levu —replicó el Buli—. ¿De qué islas, pueblos o chozas es jefe ese que tú dices?

—Es el jefe de todas las islas, pueblos, chozas y mares —contestó solemnemente Starhurst—. Es el Señor del cielo y la tierra, y yo he venido aquí a traerte Su palabra.

—¿Me envía por tu conducto dientes de ballena? —replicó insolentemente el Buli.

—No; pero mucho más valioso que los dientes de ballena es la...

—Entre jefes, ésa es la costumbre —interrumpió el Buli—. O tu jefe es un negro despreciable o tú eres un gran idiota, por haberte atrevido a venir a estas montañas con las manos vacías. Mira, fíjate: otro mucho más generoso ha venido a verme antes que tú.

Y diciendo esto, le mostró el diente de ballena que acababa de aceptar de manos de Erirola.

Narau empezó a desfallecer y a sentirse angustiado.

—Es el diente de ballena de Ra Vatu —le dijo al oído a Starhurst—. Lo conozco muy bien, y ahora sí que no tenemos salvación.

—Un obsequio muy estimable —contestó el misionero, pasándose la mano por sus largas barbas y ajustándose las gafas—. Ra Vatu se las ha arreglado de modo que seamos bien recibidos.

Pero Narau no las tenía todas consigo y disimuladamente empezó a alejarse de Starhurst, olvidando sus promesas de fidelidad hechas al empezar la temeraria aventura.

—Ra Vatu será lotu dentro de muy poco tiempo —empezó a decir el misionero—, y yo he venido a que tú también te hagas lotu.

—No necesito nada de tu Lotu —contestó orgullosamente el Buli— y es mi decisión que mueras hoy mismo.

El Buli hizo una seña a uno de sus montañeses, quien avanzó haciendo filigranas en el aire con su maza de guerra. Narau, viendo el pleito perdido, corrió a ocultarse entre unas chozas, donde estaban las mujeres y los chicos; pero John Starhurst se abalanzó hacia su ejecutor por debajo de la maza y consiguió rodearle el cuello con sus brazos. En esta ventajosa posición comenzó a argumentar. Defendía su vida, ya lo sabía, pero la defendía sin sobresalto ni miedo.

—Cometerás un pecado muy grande si me matas —decía a su verdugo—. Yo no te he hecho ningún daño, ni a ti ni al Buli.

Tan bien agarrado estaba al cuello del montañés, que los demás no se atrevían a dejar caer sus mazas por miedo a equivocarse de cabeza.

—Soy John Starhurst —continuó con calma—. He estado trabajando tres años en Fidji, sin aceptar remuneración alguna. He venido aquí para su bien, ¿por qué me quieres matar? Mi muerte no beneficiará a ningún hombre.

El Buli echó una mirada a su diente de ballena. Estaba bien pagada la muerte del misionero.

Éste se encontraba rodeado de un grupo de salvajes desnudos que hacían grandes esfuerzos por acercarse a la presa. El canto fúnebre predecesor del banquete de carne humana empezó a dejarse oír, adquiriendo tales tonalidades, que ahogaban por completo la voz del misionero. Tan hábilmente plegaba éste su cuerpo al del montañés, que no había medio de asestarle el golpe de gracia.

Erirola sonreía y el Buli se exasperaba.

—¡Fuera ustedes! —gritó—. Heroica historia para que la vayan contando por la costa; una docena de hombres como ustedes y un misionero sin armas, tan débil como una mujer, puede más que todos juntos.

—¡Oh, gran Buli, y podré más que tú también! —gritó Starhurst, dominando a duras penas el griterío de los salvajes—. Mis armas son la Verdad y la Justicia, y no hay hombre que las resista.

—Ven hacia mí, entonces —contestó el Buli—. La mía no es más que una pobre y miserable maza de guerra, y, según tú dices, no es capaz de vencerte.

El grupo se separó de él, y John Starhurst quedó solo frente al Buli, que se apoyaba en su enorme y nudosa maza guerrera.

—Ven hacia mí, hombre misionero, y vénceme —gritaba el rey de las montañas, desafiándole.

—Aun así, te venceré —contestó John, limpiando los cristales de sus gafas y guardándolas cuidadosamente mientras avanzaba.

El Buli levantó la maza y esperó.

—En primer lugar, te diré que mi muerte no te proporcionará provecho alguno.

—Dejo la respuesta a mi maza —contestó el Buli.

Y a cada punto que el misionero argüía, respondía en la misma forma, sin dejar de observarle con atención, para prevenirse del habilidoso abrazo. Entonces, y sólo entonces, comprendió John Starhurst que su muerte era inevitable; pero llevado de su arraigada fe, se arrodilló y empezó a invocar al cielo, como si esperase algún milagro:

—Perdónales, que no saben lo que hacen —rezaba—. ¡Dios mío, ten compasión de Fidji! ¡Oh, Jehovah, óyenos! ¡Por su bien, por Tu hijo, compadécete de Fidji! ¡Tú eres grande y Todopoderoso para salvarles! ¡Sálvales, oh, Dios mío! ¡Salva a los pobres caníbales de Fidji!

El Buli, impaciente, dijo:

—Ahora te voy a contestar —levantó la maza sobre la cabeza del misionero, asiéndola con las dos manos.

Narau, que continuaba escondido, oyó el golpe del mazo contra la cabeza y se estremeció intensamente. Después, la salvaje y fúnebre sinfonía volvió a resonar en las montañas, y Narau comprendió que su amado maestro había muerto y que su cuerpo era arrastrado a la hoguera para ser condimentado. Oía las palabras de la fúnebre canción:

—¡Arrástrame suavemente, arrástrame suavemente! ¡Soy el campeón de mi patria! ¡Dad gracias, dad gracias, dad gracias!

A continuación, una sola voz cantaba:

—¿Dónde está el hombre valiente?

Cien voces contestaban a coro:

—¡Será arrastrado a la hoguera y asado!

Y cantaba de nuevo la voz que había interrogado:

—¿Dónde está el hombre cobarde?

Y las cien voces vociferaban:

—¡Se ha ido a contarlo, se ha ido a contarlo!

Narau gemía angustiado. Las palabras de la canción salvaje eran ciertas. Él era el cobarde, y ya no le restaba más que huir y contar lo sucedido.

EL LABRADOR MARINO

—Ésa debe ser la lancha del médico —dijo el capitán MacElrath.

El práctico se limitó a responder con un gruñido, mientras el otro examinaba, con sus prismáticos, la lancha, la faja de playa y Kingstown, que se alzaba detrás, para luego contemplar la bocana de Howth Head, al Norte.

—La marea es favorable y habrá usted anclado en menos de dos horas —indicó el práctico, intentando mostrarse alegre—. Ring's End Basin, ¿no es cierto?

Esta vez fue el marino quien gruñó.

—Uno de esos malos días típicos de Dublín.

De nuevo, gruñó el marino. Estaba cansado tras toda una noche de viento en el Canal de Irlanda, que tuvo que pasar, ininterrumpidamente, en el puente de mando. Y, también, estaba cansado de aquel viaje, en el que invirtiera más de dos años, desde que zarpó hasta el momento de su regreso, con un total de ochocientos cincuenta días.

—Un auténtico clima invernal —exclamó tras un largo silencio—. No puede verse la ciudad. Hoy va a llover mucho.

El capitán MacElrath era un hombre bajito, con la estatura justa para mirar por encima de la lona de protección del puente. Tanto el piloto como el tercer oficial le sobrepasaban en mucho, igual que el timonel, un corpulento alemán, desertor de un buque de guerra, al que alistara en Rangún. Pero esa deficiencia de estatura nada tenía que ver con la habilidad profesional del capitán MacElrath. Por lo menos, así lo reconocía la compañía, y él también lo hubiera sabido, de poder ver el detallado y minucioso expediente personal que aquélla guardaba en sus archivos. Sin embargo, la empresa jamás le había dado a entender que confiara en él. No tenía esa costumbre, considerando preferible que ninguno de sus empleados llegase a creerse indispensable ni, tampoco, demasiado útil. Por otra parte, ¿quién era el capitán MacElrath? Nadie, excepto un patrón de barco, uno sólo entre los ochenta o más patrones que mandaban los ochenta o más buques de la compañía, por todas las latitudes de los océanos.

Debajo de MacElrath, en la cubierta principal, dos tripulantes chinos transportaban el desayuno en unas oxidadas bandejas metálicas, que denotaban el contacto continuo con el agua salada. Un marinero recogía la cuerda de seguridad que se extendía desde el castillo de popa, a través de las escotillas y de las poleas, hasta la escalera del puente.

—Un viaje duro —comentó el práctico.

—Sí, mucho, pero eso no me preocupa tanto como la pérdida de tiempo. Es lo que más me molesta.

Al decirlo, el capitán MacEralth se volvió para mirar la popa y el práctico, siguiendo su mirada, pudo ver la muda pero convincente explicación de la pérdida de tiempo. La chimenea, de color amarillento en la parte baja, aparecía blanca por la sal, mientras que la sirena resplandecía, con destellos cristalinos, bajo los rayos de sol que, de vez en cuando, se filtraban por una espesa nube. Faltaba la lancha de salvamento, al tiempo que algunas barras retorcidas indicaban la fuerza de los golpes de mar que se le infligieron al viejo *Tryapsic*. También faltaba otro bote. Los maltratados restos de la lancha se encontraban junto a la destrozada claraboya del cuarto de máquinas, cubiertos por una lona. Estaba rota la puerta del comedor de oficiales. Frente a ella, sujeta por unos cables que manejaban el contramaestre y un marinero pendía la enorme red de cuerdas que no pudo detener la violencia del embravecido mar.

—Por dos veces les hablé de esa puerta a los armadores —explicó el capitán—. Me dijeron que no importaba. Pero se levantó una gran tormenta, de las mayores que he visto, y la destrozó. Las olas la arrancaron, lanzándola sobre la mesa de nuestro comedor y destrozando el camarote del jefe de máquinas. Se enfureció mucho.

—Debieron haber sido una olas enormes —comentó el práctico con simpatía.

—Sí, lo eran. El barco se movía mucho. Mataron al primer oficial. Estábamos juntos en el puente y le dije que echara un vistazo a una de las poleas. Batían las olas y me preocupaba. No estaba muy seguro de que resistiera y había pensado en sustituirlo, cuando una ola casi nos saltó sobre el puente. Era una montaña de agua. Nos dejó empapados. De momento, no eché de menos al primer oficial, ocupado en enderezar el buque, hacer que aseguraran la puerta y ponerle una lona a la claraboya. Pero ya no le vi más. El timonel dijo que había bajado a cubierta poco antes de que nos cayese encima aquella ola. Le buscamos en la proa, en su camarote, en la sala de máquinas y, al fin, lo encontraron en la cubierta inferior partido por la mitad.

El practico lanzó un terrible juramento.

—Sí —continuó el capitán en tono cansino—, fue al chocar con una tubería. Le aseguro que le partió en dos, igual que a un arenque. La ola debió alcanzarle en la cubierta superior, arrastrándole a través de todo el buque y por las escotillas, para, al fin, hacer que se golpease la cabeza con aquella cañería. Lo partió como si hubiera sido de mantequilla, por en medio, de modo que un mitad, con un brazo y una pierna, quedaba a un lado y la otra, también con un brazo y una pierna, enfrente. Le aseguro que resultó muy desagradable. Lo recogimos envolviéndolo en una lona para enterrarlo.

El práctico lanzó un nuevo juramento.

—Pero no lo lamenté demasiado —le aseguró el capitán—. En realidad, me quité un peso de encima. Ese primer oficial no era un auténtico marino. No servía más que para complicarme la vida y no me arrepiento de decirlo.

Según afirman, hay tres clases de irlandeses: los católicos, los protestantes y los del norte, y también se dice que éstos no son más que escoceses trasplantados. El capitán McElrath era del Norte, y para mucha gente tenía acento escocés, pero nada conseguía enfurecerle tanto como que le confundiesen con ellos. Era irlandés de los pies a la cabeza e irlandés se sentía, aunque hablase con cierto desprecio de los del Sur e, incluso, de los orangistas.[1] De religión presbiteriana, en su pueblo no llegaban a reunirse ni siquiera cinco personas en la sala de la Liga de Orange. Procedía de la lista de McGill, donde siete mil almas de su mismo temple vivían en tantas buenas relaciones y con tanta "sobriedad" que, en toda el área, no había un solo policía ni una taberna.

El capitán MacElrath jamás se había sentido atraído por el mar. Éste era, tan sólo, el modo de ganarse el sustento, su lugar de trabajo, lo mismo que para otros hombres lo son la fábrica, la tienda o el banco. El ansia de viajar nunca le había envuelto en sus cantos de sirena y la aventura jamás le encendió su espesa sangre. Carecía de imaginación. Para él nada significaban las maravillas de las profundidades. Los tornados, los huracanes, el oleaje o las mareas constituían otros tantos obstáculos en el rumbo de un buque e inconvenientes para su capitán; así únicamente los consideraba. Había visto, pero sin verlas, las muchas maravillas de tierras lejanas. Bajo sus párpados ardían la esplendorosa belleza de los mares tropicales o le mordían las cortantes galernas del Atlántico Norte y del Sur del Pacífico, pero sólo le recordaba mesas destrozadas, cubiertas barridas por el agua, cordajes arrancados, gasto excesivo de carbón, largas travesías y pintura fresca estropeada por la lluvia.

—Conozco mi trabajo —solía decir, y más allá de su trabajo estaba, cuando no conocía, todo cuanto habían visto sus ojos, pero continuaba ignorando. De que conocía su oficio, los armadores no tenían la menor duda, pues, de otro modo, a los cuarenta años no hubiese mandado el *Tryapsic*, vapor de tres mil toneladas, con capacidad para cargar nueve mil y valorado en cincuenta mil libras.

Se dedicó al mar, sin gustarle, porque era su destino, al ser el segundo hijo en vez del primogénito.

1 Los orangistas son los irlandeses de origen escocés practicantes del protestantismo y partidarios de la pertenencia de Irlanda a la Corona Británica. [N. del. E.]

La isla de McGill sólo podía alimentar a una parte de sus habitantes. El resto, un resto bastante amplio, se veía obligado a embarcarse para subsistir. Así había sido durante generaciones. Los primogénitos heredaban las tierras de sus padres; para los demás hijos sólo quedaba el mar. Por esa causa, Donald MacElrath, hijo de granjero y granjero él también, había cambiado la tierra, que amaba, por el agua salada, que odiaba, pero que constituía su inevitable destino. Y la había surcado incesantemente durante veinte años, siempre atento, con frialdad, sobrio, activo y lleno de ambición, ascendiendo de grumete a tripulante, luego a piloto y, por último, a capitán de velero, para, entonces, pasar a los buques de vapor como segundo oficial, alcanzando una vez más el grado de capitán, desde pequeñas embarcaciones a las más grandes, para, al fin, encontrarse en el puente del viejo *Tryapsic*; éste, desde luego, era viejo, pero aún valía las cincuenta mil libras, capaz, todavía, de enfrentarse a todos los mares y a cargar las nueve mil toneladas.

Desde el puente del buque, el alto lugar que alcanzara en la carrera humana, MacElrath contemplaba el puerto de Dublín y toda la ciudad, bajo el plomizo cielo de aquel día barrido por vientos infernales, y el bosque de mástiles y de cordajes de los buques allí anclados. Volvía de dar, por dos veces, la vuelta al mundo, con travesías interminables, de regreso junto a la esposa que no había visto en veinticuatro meses y al hijo que no llegó a conocer, pero que ya andaba y hablaba. Contempló cómo los tripulantes salían del castillo de proa, igual que conejos de la madriguera, para cruzar la oxidada cubierta e ir a recibir al médico del puerto. Eran chinos, con caras de esfinge, sin expresión, y andaban con torpeza, arrastrando los pies, igual que si las botas les resultasen demasiado pesadas.

Los vio, pero sin prestarles atención, cuando se pasaba la mano bajo la visera de la gorra, para apartarse un mechón del rubio cabello. La escena que ante él se desarrollaba no constituía más que el telón de fondo de una idílica visión que le bailaba de continuo en la cabeza, una visión que se despertaba durante las largas guardias nocturnas en el puente, mientras el viejo *Tryapsic* saltaba sobre las olas, que batían la cubierta, y al tiempo que las cuerdas cantaban movidas por el viento, los copos de nieve o la interminable lluvia tropical. Y esa visión consistía en una granja, con la vivienda y los graneros, con los niños jugando al sol y con su esposa a la puerta, esperándole, con las vacas y las gallinas y el ruido de los cascos de los caballos en los establos. Esta granja se alzaba vecina a la de su padre y más allá, al otro lado de los bosques, los campos de cultivo, limpios y ordenados, se extendían suavemente hacia verdes colinas. Ésta era su visión y su gran sueño, la cúspide de sus ambiciones, la única aventura de su vida, la meta de todos sus esfuerzos y la recompensa por la vida de marino, a lo largo de todos los rumbos de todos los mares de la tierra.

En sus gustos y aficiones sedentarias, aquel hombre que tanto viajaba era mucho más parco y sedentario que el más puro montañés. Su padre contaba setenta y un años, y no había dormido ni una sola noche fuera de casa, en la isla de McGill. A juicio del capitán MacElrath, aquélla era la vida ideal y solía maravillarse de que nadie, a menos de que se viese obligado, cambiara la granja por el mar. A aquel impenitente viajero, el mundo le resultaba tan familiar como su aldea al zapatero que trabaja en la tienda. Para el capitán, el mundo era igual a una aldea. Con los ojos de la mente veía las calles que se extendían durante miles de leguas, dirigiéndose a los cabos más tormentosos o a las tranquilas lagunas interiores y encrucijadas que, por un lado, llevaban a tierras de flores y mares del verano y, por el otro, hacia fuertes galernas y peligrosas tormentas, a favor del viento del Oeste. Y las ciudades, refulgiendo de iluminación, no eran más que tiendas en esas interminables calles, tiendas en las que se realizaban toda clase de transacciones comerciales, se embarcaban o se desembarcaban cargamentos, se llenaban las bodegas o se recibían cartas de los armadores de Londres, indicando que había que ir a otro sitio, siempre al otro extremo de los caminos del mar, aquí en busca de nuevos cargamentos que se transportaban hasta allá, siempre dispuestos para aceptar un flete dondequiera que se ofrecieran unos chelines e, incluso, unos peniques. Pero resultaba muy aburrido y, excepto, por el hecho de que en eso se ganaba la vida, no tenía razón de ser.

La última vez que el capitán vio a su esposa fue en Cardiff, veintiocho meses atrás, cuando zarpó para Valparaíso con un cargamento de carbón, nueve mil toneladas en total. Desde Valparaíso se fue a Australia de vacío, un viaje de aproximados nueve mil seiscientos kilometros, con continuas tormentas y poco combustible. De nuevo embarcó carbón, esta vez para los Estados Unidos, a once mil setecientos kilómetros y, luego, otros tantos, con diferente cargamento, hasta el archipiélago japonés y China. De allí a Java, en busca de azúcar con destino a Marsella; después, por todo el Mediterráneo hasta el Mar Negro y, por último, a Baltimore, con nuevo cargamento, batidos siempre por los huracanes y, una vez más, con poco combustible, que debió reponer en las Bermudas. Allí nuevas órdenes y a Norfolk, en Virginia, para cargar carbón de contrabando y partir hacia África del Sur, según órdenes del misterioso sobrecargo alemán, impuesto por los clientes. Luego, a Madagascar, a una velocidad de cuatro nudos, a indicaciones del mismo sobrecargo y con la sospecha de que el carbón debía ser para la flota rusa. Confusión y retraso, largas esperas en alta mar, complicaciones internacionales, con todo el mundo pendiente del *Tryapsic* y de su cargamento de contrabando y, después, hacia Japón y el puerto de Sassebo. Entonces vuelta a Australia, nuevos clientes y una mercancía muy variada, que embarcaron en Sidney, Melbourne y Adelaida, con destino a Mauricio, Loureço Marques, Durban, Algoa Bay y Ciudad de El Cabo. A Ceilán, en espera de órdenes y, de allí, a Rangún para cargar arroz destinado a Río de Janeiro. Desde este último sitio, a Buenos Aires, en busca de maíz para el Reino Unido y el Continente Europeo, con escala en St. Vincent, donde les dieron órdenes de seguir hasta Dublín. Dos años, cuatro meses y cincuenta días de un extremo a otro de los interminables caminos del mar, para volver nuevamente a casa. Y se sentía muy cansado.

Un pequeño remolcador se hizo cargo del *Tryapsic* y, con mucho estruendo y numerosas órdenes, con las máquinas a toda potencia, pero lentamente y ladeándose mucho, el viejo vapor fue arrastrado a través de los muelles, hasta el Ring's End Basin. Se lanzaron las amarras a tierra, tanto de proa como de popa. En el muelle se había ya congregado un grupo de los felices habitantes de la costa.

—Paren —ordenó el capitán con voz gruesa, y el tercer oficial avisó a la sala de máquinas.

—¡Coloquen la pasarela! —advirtió el segundo oficial y, una vez hecho:

—Listo, señor.

Era la última de todas las faenas, tender la pasarela y "listo" su confirmación. El viaje había concluido y los tripulantes avanzaron presurosos por la oxidada cubierta hacia donde se encontraban sus sacos de equipaje, dispuestos para desembarcar. El sabor de la tierra quemaba el paladar de los hombres y, también, el del capitán, cuando éste se despidió secamente del práctico, para bajar a su camarote. Por la pasarela subían empleados de aduana, el consignatario, el representante de la compañía armadora y los descargadores. Al comenzar éstos, el capitán recogió sus cosas y fue al encuentro del representante de la empresa.

—¿Enviaron el telegrama a mi esposa? —fue su saludo.

—Sí, se la avisó en cuanto anunciaron su llegada.

—Supongo que vendrá en el tren de mañana —murmuró el capitán, mientras se disponía a lavarse y a cambiarse la ropa.

Echó una última ojeada al camarote y a dos fotografías que pendían de la pared, una de su esposa y la otra de un niño, el hijo que aún no conocía. Salió de aquel camarote de arrimaderos de cedro y con una mesa con cabida para diez personas, pero en la que había comido solo a lo largo de aquel extenuante viaje. No quiso tomar parte en las conversaciones y bromas del comedor de oficiales. Lo hizo siempre en silencio, sin prisas, imitado en su mutismo por el callado asiático que le servía. De súbito, le abrumó la realidad de lo solo que se había sentido durante aquellos dos largos años. Con nadie compartió sus angustias y sus dificultades. Los dos jóvenes pilotos eran demasiado inexpertos y frívolos y el primer oficial demasiado obtuso. De nada servía consultarles. Únicamente hubo otro ocupante del camarote: su responsabilidad. Comían y cenaban juntos, paseaban por el puente juntos y dormían juntos.

—Bien —le dijo a ese desagradable compañero—. Estoy harto de ti y he acabado contigo... por una temporada.

En tierra se cruzó con los marineros que cargaban sus sacos y en las oficinas del consignatario dejó listo el papeleo, con los habituales retrasos. Cuando le preguntaron qué quería beber, pidió un vaso de leche con soda.

—No soy abstemio —explicó—, pero, ni aunque de ello dependiese mi vida, podría soportar beber *whisky* o cerveza.

A primeras horas de la tarde, una vez hubo pagado a los tripulantes, se dirigió a los despachos privados, donde, según le habían dicho, le aguardaba su esposa.

Su primera mirada fue para ella, aunque era grande la tentación de contemplar algo más que brevemente al niño que la acompañaba. Tras un largo abrazo, la apartó para examinarle el rostro atentamente, como impregnándose de cada una de sus facciones y sorprendiéndose de no hallar huellas del paso del tiempo. Su mujer se dijo que se trataba de un hombre afectuoso y cordial, aunque de preguntárselo a sus oficiales, hubieran respondido que no era más que duro y amargado.

—Bien, Annie, ¿cómo estás? —le preguntó el capitán, al tiempo que volvía a abrazarla.

Y, de nuevo, apartó a la esposa con la que llevaba diez años casado y a la que tan poco conocía. Le resultaba más extraña que su criado chino y, desde luego, muchísimo más que sus oficiales, a los que había visto continuamente, tanto de día como de noche, a lo largo de ochocientas cincuenta jornadas. Llevaban diez años de matrimonio y apenas habían podido estar juntos durante nueve semanas, algo así como un viaje de bodas. Cada vez que volvía a casa, significaba conocerla de nuevo. Tal era la suerte de cuantos cruzaban el mar. Apenas sabían nada de sus esposas y aún menos de sus hijos. A su jefe de máquinas, el viejo y miope MacPherson, según él mismo contaba, una vez, al regresar a casa, le impidió la entrada su hijo de cuatro años, que antes no había visto nunca.

—¿Es éste el chico? —comentó el capitán, alargando la mano, con cierta timidez, para acariciarle las mejillas.

Sin embargo, el niño se apartó, refugiándose tras su madre.

—¡Mira —exclamó ella— que no conocer a tu padre!

—Yo a él tampoco. El Cielo sabe que no podría reconocerlo entre una multitud, aunque tiene tu misma nariz.

—Y tus ojos, Donald. Míralos bien. Él es tu padre, hijo. Bésale, como un hombrecito que eres.

Sin embargo, el niño se apretó más contra ella, mostrando, en su expresión, que el miedo y la desconfianza iban en aumento y, cuando el padre intentó tomarle en brazos, rompió a llorar.

El capitán se irguió y, para ocultar su desilusión, consultó el reloj.

—Es ya hora de irnos, Annie —dijo—. El tren va a salir.

Al principio del viaje guardó silencio, atento tan sólo a contemplar a su mujer, con el adormilado niño en brazos, y a ir mirando por la ventanilla los bien cuidados campos y las desbrozadas colinas que, vagamente, destacaban entre la lluviosa neblina que les envolvía. Estaban solos en el compartimiento. Una vez el niño se hubo dormido, la mujer le tendió en el asiento, abrigándole con un chal. Después de tratar el asunto de salud de los parientes y de los amigos y contarse todos los rumores de la isla de McGill, junto con las incidencias del tiempo y los precios de la tierra y de las cosechas, poco les quedaba por hablar, como no fuese acerca de ellos mismos, y el capitán inició, entonces, el relato que guardaba para su esposa, de sus viajes por todo el mundo. Sin embargo, no se trataba de maravillas desconocidas, ni de hermosas tierras cubiertas de flores, ni tampoco de las misteriosas ciudades de Oriente.

—¿Cómo es Java? —indagó la mujer.

—Llena de fiebre. Cayó enferma media tripulación y se retrasó mucho el trabajo. Nos pasábamos el bendito día tomando quinina. Cada mañana, con el estómago vacío, los hombres tomaban un trago de ginebra con quinina. Y, los que no estaban enfermos, lo simulaban, para ser iguales a los otros.

Más adelante, ella le preguntó por Newcastle.

—Carbón y polvillo de carbón, eso es todo. No me gusta esa ciudad. Huyeron dos chinos, paleros ambos. Y los armadores pagaron una multa de cien libras por cada uno de ellos. 'Lamentamos fuga —me escribieron, aunque no recibí la carta hasta Oregon—, lamentamos fuga de dos tripulantes chinos en Newcastle y le recomendamos sea más cuidadoso en el futuro.' ¡Más cuidadoso! No podía serlo más. A los chinos se les debían cuarenta y cinco libras por cabeza y no imaginé que desertasen.

"Pero así las gastan los armadores. 'Lamentamos saber', 'le aconsejamos', 'recomendamos', 'no podemos comprender' y cosas parecidas. ¡Maldito carguero! Suponen que puedo moverlo igual que un transbordador, sin gastar apenas combustible. Hubo el asunto de las hélices. Les estuve mareando mucho. La vieja era de hierro, con los extremos muy gruesos, y no desarrollaba mucha velocidad. La nueva, de bronce, costó novecientas libras y ellos sólo esperaban buenos resultados, aunque tuve una mala travesía y, a diario, iba perdiendo tiempo. 'Lamentamos que haya invertido tanto desde Valparaíso a Sidney, con un promedio de, tan sólo, ciento sesenta y siete diarias. Habíamos esperado mejores resultados de la nueva hélice. Debió haber alcanzado un promedio diario de doscientas dieciséis.'

"Estábamos en pleno invierno, con galernas continuas y el viento en contra, teniendo que detenerme a cada momento y acabándoseme el combustible, además de aquel primer oficial tan estúpido que no podía ver las luces de otro buque sin llamarme al puente. Se lo escribí así mismo. Y ellos: 'Nuestro consejero naval sugiere que quizá se haya desviado demasiado al Sur' y 'esperamos mejores resultados de esa hélice'. ¡Consejero naval! ¡Un piloto desembarcado! Llevaba el rumbo exacto para una travesía invernal de Valparaíso a Sidney.

"Y cuando llegué a Auckland, con poco carbón y las calderas apagadas para economizarlo, impulsado durante seis días por la corriente, pensé que, para compensar los gastos y la pérdida de tiempo, debía ahorrarles algún dinero a los armadores y entré en el puerto sin práctico. Allí no es obligatorio. Luego, en Yokohama me encontré al capitán Robinson, del *Ryapsic*. Comenzamos a hablar de puertos y de ciudades en la ruta de Australia y, de pronto, me dijo:

"–Oiga, a propósito de Auckland, ¿ha estado usted allí, capitán?

"—Sí —contesté—, hace poco.

"—¡Vaya! —exclamó él, muy enfadado—. Así que es usted el tipo listo que hizo que los armadores me enviasen esta carta: 'Tomamos nota de las quince libras por el práctico de Auckland. Uno de nuestros buques tocó recientemente en ese mismo puerto y no incurrió en semejante gasto. Le indicamos que se considera innecesaria la ayuda de un práctico, para que lo elimine en el futuro.'

"Pero, a mí, ¿me dijeron una sola palabra por las quince libras que les ahorré? No, señor. Le escribieron al capitán Robinson por no economizarlas y a mí: 'Anotamos dispendio de dos guineas para pago del doctor que examinó tripulación en Auckland. Rogamos aclare motivo de ese inesperado y poco corriente desembolso.' Se trataba de otros dos chinos. Temí que tuviesen el beriberi y, por eso, envié a buscar al médico. A ambos los enterré en el mar una semana después. Pero lo único que me dijeron fue: 'Le rogamos aclare motivo de ese inesperado y poco corriente desembolso' y, al capitán Robinson: 'le indicamos que no se considera necesaria la ayuda del práctico'.

"¿Acaso no les escribí desde Newcastle para decirles que ese cascarón estaba tan mal que era preciso enviarle al dique seco? Hacía siete meses que no lo reparaban y estuve por la costa Oeste, que es el lugar más apropiado para desbaratarlo todo. Pero los fletes subían y había un cargamento de carbón para Portland. El *Arrata*, de la Woor Line, zarpó el mismo día que nosotros, con idéntico destino, pero mi buque no pasaba de los seis nudos o, quizá, siete, en el mejor de los casos. Y en Comox, cargando el carbón, recibí una carta de los armadores. El presidente en persona la había firmado y, al pie, puso: 'El *Arrata* se le adelantó en cuatro días y medio. Me he llevado un desengaño'. ¡Desengaño! Lo había advertido, desde Newcastle. Cuando en Portland entró en dique seco, el *Tryasic* llevaba enganchadas algas de treinta centímetros de largo, crustáceos tan grandes como mi puño, e incluso, ostras iguales a platos. Invirtieron dos días para limpiar los fondos de tanta porquería.

"Y, en Newcastle, hubo el asunto de unos barrotes de emparrillado que encargué y que el taller hizo más pesados de lo que el jefe de máquinas había indicado. Sin embargo, olvidaron incluir esta diferencia en la factura. En el último instante, a punto de partir, vinieron con una extra: 'Por un error, en las piezas, seis libras.' Habían subido a bordo y MacPherson les puso el conforme. Me pareció muy raro y no quise pagar. '¿Es que duda de la honestidad de su jefe de máquinas?', preguntaron. 'No dudo —respondí—, pero no puedo pagar hasta que no lo compruebe. Acompáñenme a bordo. La lancha no va a costarles nada y los traerá de nuevo. Entonces veremos lo que dice MacPherson.'

"Pero no quisieron acompañarme. En Portland encontré una carta con la factura. No hice caso. En Hong Kong recibí otra de los armadores. Les habían remitido la factura. Desde Java les escribí para explicarles lo ocurrido. Y me mandaron otra carta a Marsella: 'Por un trabajo extra en la sala de máquinas, seis libras. El jefe ha puesto el conforme, pero no usted. ¿Es que duda de su honestidad?'. Volví a escribirles que no dudaba de la honestidad de nadie, que la factura era por un peso extra en ciertas piezas y que estaba conforme. ¿La habían pagado? No, señor. Debían investigar. Entonces cayó enfermo uno de los escribientes de las oficinas y se perdió la factura. Hubo más cartas. Las recibí tanto de los armadores como del taller, exigiendo 'por un error en las piezas, seis libras' en Baltimore, en Delagoa Bay, en Moji, en Rangún, en Río de Janeiro y en Montevideo. Aún no lo han arreglado. Te aseguro, Annie, que cuesta satisfacer a los armadores".

Se sumió un instante en sus recuerdos y, luego, murmuró indignado: 'Por un error en las piezas, seis libras.'

–¿Te has enterado de lo de Jamie? –indagó su esposa.

El capitán MacElrath negó con la cabeza.

–Se lo llevó una ola, junto con tres marineros.

–¿Dónde?

–En el Cabo de Hornos. Iba en el *Thornsby*.

–¿De vuelta a casa?

–Sí –asintió ella–. Nos enteramos hace sólo tres días. Su mujer parece que vaya a morirse.

–Buen chico, Jamie –comentó el marino–, pero muy puntilloso. Recuerdo cuando éramos oficiales en el *Abion*. Y, ahora, ha muerto.

Hubo una nueva pausa que también rompió la esposa.

—¿No te has enterado de lo del *Berkshire*? MacDoguall lo perdió en el Estrecho de Magallanes. Ayer lo traía el periódico.

—Un mal sitio, el Estrecho de Magallanes —comentó el capitan—. ¿Sabías que ese estúpido primer oficial casi me hizo embarrancar por dos veces cuando lo cruzamos? Era un imbécil y, además, estaba loco. No podía dejarle en el puente ni un solo minuto. Nos acercábamos a Narrow Reach, con mal tiempo y nieve, pero, ¿acaso no le había indicado el rumbo en la sala de mapas: 'Sudeste por Este', le dije; 'Sudeste por Este, señor', repitió. Quince minutos después subí al puente. 'Es raro —me dijo el primer oficial—. No recordaba que hubiese islas en la bocana de Narrow Reach.' Eché una ojeada a las islas y le grité al timonel: '¡Todo a estribor!'. Debieras haber visto el viejo *Tryapsic* dando el giro más cerrado de toda su vida. Esperé a que aclarase la niebla y allí estaba Narrow Reach, donde siempre, mientras que las islas de la bocana de False Bay quedaban al Sur. '¿Qué rumbo seguías?', le pregunté al timonel. 'Sur por Este, señor', me contestó. Miré al primer oficial. ¿Qué podía decirle? Estaba tan furioso que me sentía capaz de asesinarle. Cuatro grados de diferencia. Cinco minutos más y habríamos embarrancado.

"¿Y no ocurrió lo mismo cuando pasamos el Estrecho con viento del Este? Bastan cuatro horas para cruzarlo. Yo llevaba ya cuarenta en el puente. Indiqué el rumbo al primer oficial, recordándole que vería el faro de Askthar a sotavento. 'Mientras se mantenga Oeste por Norte, todo irá bien', le dije. Bajé al camarote y me acosté. Pero estaba tan preocupado, que no conseguía dormir. Después de cuarenta horas en el puente, ¿qué importaban otras cuatro? Y, por sólo cuatro horas, no iba a permitir que el primer oficial hiciese cualquier barbaridad. 'Pues no', me dije. Me levanté, me lavé y bebí una taza de café para subir enseguida al puente. Nada más mirar al faro de Askthar vi que estaba Noreste por Oeste y que el buque iba sobre los arrecifes.

"Aquel primer oficial era un imbécil. A simple vista se advertía el cambio de color en el agua. Te aseguro que nos vino justo. Por dos veces, en treinta horas, hubiese hecho embarrancar el *Tryapsic*, de no ser por mí".

El capitán McElrath quedó contemplando al niño dormido, con una expresión de asombro en sus diminutos ojos azules, y su esposa intentó apartarle de sus preocupaciones.

—¿Te acuerdas de Jimmy MacCaul? —indagó—. Venía al colegio con nosotros. Sí, Jimmy MacCaul, que tiene la granja después de la casa del doctor Haythorn.

—Sí, ¿qué le ha ocurrido? ¿Ha muerto?

—No. Vino a preguntarle a tu padre, la última vez que zarpaste, si antes habías estado en Valparaíso. Cuando tu padre le dijo que no, Jimmy quiso saber: '¿Y cómo va a encontrar el camino?'. Y, entonces, tu padre le dijo: 'Muy sencillo, Jimmy. Supón que te vas por tierra a ver a un hombre que vive en Belfast. Belfast es una ciudad muy grande. ¿Cómo encontrarías el camino?'. 'Pues con la lengua —dijo el otro—. Se lo preguntaría a la gente con la que me cruzase.' 'Ya te dije que era sencillo —respondió tu padre—. Del mismo modo encuentra mi Donald el camino de Valparaíso. Se lo va preguntando a los buques con los que se cruza, hasta que da con uno que ya ha estado en ese sitio y el capitán se lo indica.' Jimmy se rascó la cabeza y dijo que lo comprendía y que resultaba sencillo.

El capitán rio el chiste y sus cansados ojos azules se alegraron un instante.

—Ese primer oficial era un imbécil, más que tú y yo juntos —exclamó al cabo de poco, guiñando un ojo a modo de excusa por la comparación. Pero, de nuevo, sus pupilas azules adquirieron una expresión irritada—. En Valparaíso no se le ocurrió más que desembarcar seiscientas brazas de cable, sin pedirle recibo al patrón de la gabarra. Yo entonces estaba en las oficinas del consignatario. Una vez en alta mar, me enteré de que no tenía comprobantes de la entrega.

"—¿Es que no pidió un recibo? —le dije.

"—No señor —me contestó—. Iba directamente al representante de la compañía.

"—¿Cuánto hace que navega —pregunté— sin haberse enterado de que es obligación del primer oficial no entregar ninguna mercancía sin el correspondiente recibo? Y, además, en la Costa Oeste. ¿Qué puede impedirle al de la gabarra quedarse con la mitad?

”Y ocurrió tal como me temía. Entregamos seiscientas brazas, pero al representante no le llegaron más que cuatrocientas noventa y nueve. El de la gabarra juró que eso era todo lo que le habían entregado, cuatrocientas noventa y nueve brazas. En Portland recibí una carta de los armadores y no culpaban al primer oficial, sino a mí, que estaba entonces en tierra, ocupado en los asuntos del buque. Y aún siguen reclamándomelo, tanto los armadores como su representante.

”Y es que ese primer oficial no era un auténtico marino ni, tampoco, digno de confianza. No se le ocurrió más que quererme denunciar a la Junta de Comercio por llevar más carga de la cuenta. Así se lo dijo al contramaestre. Y tuvo el valor de reprocharme, cuando veníamos de regreso, que el casco se hundía cosa de media pulgada por encima de la línea de flotación. Estábamos en Portland, abasteciéndonos de agua potable. Reconozco, Annie, que es cierto que el barco se hundía la media pulgada. No se lo diría a nadie más que a ti. Y ese tipo no me denunció a la Junta de Comercio sólo porque le partieron en dos.

”Era estúpido. Yo no tenía otro remedio, después de subir a bordo la mercancía, que hacerme con más combustible para poder llegar a Comox. Cobraban mucho por el transporte y ya no quedaba sitio en el muelle del carbón. Allí anclado, había un remolcador y yo le pregunté al capitán cuánto iba a cobrarme por irse un par de horas y cederme el turno. 'Veinte dólares', me contestó. Como había ahorrado bastante en otras cosas, se los di. Aquella noche conduje el buque hasta el lugar preciso, a favor de la corriente.

”Algo fue mal desde un principio. MacPherson dijo que podría calcular las distancias, aun a ciegas. Venía el práctico a bordo. La corriente se iba endureciendo y, ante nosotros, había un buque con una barcaza a cada lado. Al buque lo divisé, pero no a las otras dos, que no llevaban luces. Nos encontrábamos muy cerca. Tuve que maniobrar rápido para no alcanzarle. Sin embargo, no pude impedir que arrollásemos una de las barcazas en el instante en que le indicaba a MacPherson que siguiera.

”—¿Qué ha sido eso? —indagó el práctico en el momento del encontronazo.

”—No lo sé —respondí—. También a mí me extraña.

”El práctico no quiso indagar más. Nos dirigimos a un buen sitio, donde solté el ancla, y todo se hubiese arreglado de no ser por aquel maldito imbécil de primer oficial.

”—¡Hemos arrollado una barcaza! —gritó, mientras subía al puente. Y el práctico con las orejas de punta, para no perderse nada.

”—¿Qué barcaza? —pregunté.

”—La que está junto a ese buque —respondió.

”No veo ninguna barcaza —repuse, dándole un fuerte pisotón.

”Una vez se fue el práctico, le dije al primer oficial:

”—Si no está usted al tanto de las cosas, en nombre del cielo, contenga la lengua.

”—Pero arrolló esa barcaza, ¿no es cierto? —insistió.

”—Si lo hice —aclaré—, no tiene por qué contárselo al práctico, aunque no estoy admitiendolo que arrollásemos ninguna barcaza.

”A la mañana siguiente, cuando me vestía, me avisó el camarero:

”—Hay un hombre que quiere verle, señor.

”—Hazle pasar —respondí.

”Era el propietario de la barcaza y, una vez me hubo contado su cuento, le dije:

”—No vi ninguna barcaza.

”—¿Cómo? —exclamó—. ¿No vio una barcaza de doscientas toneladas, grande como una casa, al costado de ese buque?

”—Me guiaba por las luces del barco —expliqué— y no lo rocé siquiera: eso me consta.

”—Pero arrolló mi barcaza —insistía él—. La dejó casi inútil. Hay una avería de mil dólares y le aseguro que tendrá que pagarme.

”—Mire, señor —repuse—. Cuando navego de noche, me atengo a la luz y la ley indica, explícitamente, que debo guiarme por las luces de los otros buques. Su barcaza no llevaba luces y no la vi.

”—Su oficial dice... —aventuró él.

"—Al diablo mi oficial —le atajé—. ¿Llevaba luces su barcaza?

"—No, estaban apagadas —reconoció—, pero la noche era muy clara, con luna llena.

"—Por lo visto, conoce bien su oficio —dije—, pero quiero advertirle que yo también y que no tengo por qué buscar barcazas sin luces. Si cree que tiene razón, adelante. Ahora, el camarero le indicará la salida. Adiós.

"Y ahí acabó todo. Pero eso te demuestra el pobre diablo que era mi primer oficial. Considero una bendición, para todos los capitanes, que se partiese por la mitad. Tenía influencia en la central y, por eso, le conservaban en su puesto."

—La granja de los Wekley estará pronto en venta, según me ha dicho el corredor —indicó la esposa, observándole para ver el efecto que la noticia tenía en su marido.

A éste, las pupilas se le iluminaron al instante y se enderezó igual que si fuese a emprender un trabajo muy agradable. Era la granja de sus sueños, a menos de kilómetro y medio de la que cultivaban su padre y su hermano.

—La compraremos —dijo—, aunque a nadie se lo vamos a decir hasta que estén firmados los documentos y pagado hasta el último penique. He podido ahorrar mucho durante todos estos años y, aunque las cosas ya no son como antes, tenemos un buen montoncito. Hablaré con mi padre y le confiaré el dinero, de modo que, si estoy en el mar, pueda adquirirla en cuanto se presente la oportunidad.

Intentó limpiar el empañado y húmedo cristal de la ventana, para mirar hacia la persistente lluvia, que le impedía ver el exterior.

—Cuando era joven, me asustaba mucho que los armadores me despidiesen. Y aún me asusta. Pero, una vez sea mía la granja, ya no me importará en absoluto. Ser marino es un pobre oficio. Tengo que ocuparme, en toda clase de mares, bajo cualquier clima, en medio de innumerables peligros, de un buque que vale cincuenta mil libras, con cargamentos que suman otro tanto; cien mil libras, medio millón de dólares, según cuentan los yanquis y, pese a tanta responsabilidad, no me pagan más que veinte al año. Y, además, hay que soportar a tres amos: los armadores, los consignatarios y la Junta de Comercio. Los primeros quieren travesías cortas, sin importarles el riesgo; los consignatarios quieren travesías seguras, sin importarles el retraso; y la Junta de Comercio quiere que pongamos mucho cuidado, lo que equivale a retrasarse. Tres amos distintos y los tres dispuestos a pegártela, si no sirves sus distintos deseos.

Advirtió que el tren iba aminorando la marcha y, de nuevo, miró por la empañada ventanilla. Se puso en pie y se abrochó el abrigo, alzándose el cuello, para, luego, tomar en brazos al chico, que seguía dormido.

—Hablaré con mi padre —dijo— y le entregaré el dinero, de manera que, si estoy fuera, pueda comprarla a la primera oportunidad. Y, entonces, que me despidan en cuanto gusten. Pasaré todas las noches en casa, estaré siempre contigo, Annie, y, por mí, que se vaya al cuerno el mar.

Sus rostros se llenaron de alegría ante la perspectiva y, por un momento, ambos tuvieron la misma serena visión. Annie se acercó a él y, mientras el tren se detenía, se besaron, rodeando con sus cuerpos a su hijo dormido.

UN BISTEC

Con el último pedazo de pan, Tom King rebañó del plato hasta la última partícula de salsa y masticó el bocado resultante con aire meditabundo. Cuando se levantó de la mesa, le oprimía una inconfundible sensación de hambre. Y, sin embargo, era el único que había comido. A los dos niños que dormían en la otra habitación los habían mandado a acostarse temprano, con objeto de que, con el sueño, olvidaran que no habían cenado. Su mujer no había probado bocado y estaba sentada en silencio y le contemplaba con mirada solícita. Era una mujer delgada y consumida de la clase obrera, aunque en su rostro aún se adivinaban signos de una belleza pasada. La harina para la salsa se la había pedido prestada a la vecina de enfrente. Los dos últimos peniques se habían ido en comprar el pan.

King se sentó junto a la ventana, en una silla desvencijada que protestó bajo su peso, y de un modo totalmente mecánico se llevó la pipa a la boca y hundió la mano en el bolsillo de la chaqueta. La ausencia de tabaco le hizo consciente de su acción y, tras fruncir el ceño a causa de su olvido, dejó la pipa a un lado. Sus movimientos eran lentos, algo toscos, como si el peso de sus poderosos músculos le resultara una carga. Era un hombre de cuerpo fornido, apariencia imperturbable y no precisamente atractivo. Sus ropas raídas estaban deformadas. El cuero de sus zapatos era demasiado fino para soportar el peso de las suelas que les había puesto en fecha no muy reciente. Y su camisa de algodón, barata, de a lo más dos chelines, tenía el cuello deshilachado y unas machas de pintura imposibles de quitar.

Pero era el rostro de Tom King lo que mostraba lo que inequívocamente era. Se trataba de la típica cara de un boxeador profesional, de alguien que se ha pasado largos años de servicio en el cuadrilátero y que, debido a ello, había desarrollado y acentuado todos los rasgos propios de un animal de pelea. Tenía un aire decididamente amenazador y, para que ninguno de sus rasgos pasase desapercibido, estaba perfectamente afeitado. Los labios carecían de forma y constituían una boca excesivamente dura, que en su rostro resultaba como una cuchillada. La mandíbula era agresiva, brutal, maciza. Los ojos, de movimientos lentos y párpados pesados, casi carecían de expresión bajo las cejas pobladas, muy juntas. Un completo animal, eso es lo que era, pero los ojos eran lo más animal de todos sus rasgos. Eran adormilados, leoninos... los ojos de un animal luchador. La frente huidiza se inclinaba hacia atrás, hasta el nacimiento del pelo que, cortado al cepillo, mostraba todos los bultos de aquella cabeza de aspecto repugnante. Una nariz, dos veces rota y moldeada irregularmente por incontables golpes, y una oreja en forma de coliflor, permanentemente hinchada y deformada, hasta alcanzar dos veces su tamaño, completaban su apariencia, mientras que la barba, recién afeitada, como estaba, pugnaba por brotar y daba a su rostro un tinte negroazulado.

En conjunto, era la cara de un hombre al que asustaría encontrar en un callejón oscuro o en un sitio solitario. Y, sin embargo, Tom King no era un criminal ni jamás había cometido delito alguno. Aparte de los golpes, propios de su modo de ganarse la vida, nunca le había hecho daño a nadie. Tampoco se le consideraba un tipo pendenciero. Fuera del *ring* era tranquilo y bonachón, y, en los días de su juventud, cuando el dinero fluía en abundancia, había sido más generoso de lo que le convenía. No abrigaba resentimientos y tenía pocos enemigos. Combatir para él sólo era una profesión. En el *ring* pegaba para herir, pegaba para destrozar, pegaba para destruir; pero no lo hacía con animadversión. Era una simple cuestión de negocios. El público pagaba para ver el espectáculo de dos hombres tratando de dejarse fuera de combate. El que ganaba se llevaba la mejor parte de la bolsa. Cuando Tom King se había enfrentado con Woolloomoolloo Gouger, veinte años atrás, sabía que sólo hacía cuatro meses desde que a Gouger le hubieran roto la mandíbula en un combate en Newcastle. Y él había trabajado esa mandíbula y la había vuelto a romper en el noveno asalto, y no por animadversión hacia Gouger, sino porque aquel era el modo más seguro de ponerle fuera de combate y llevarse la mejor parte de la bolsa. Tampoco Gouger le había guardado resentimiento por ello. Eran las reglas del juego, y los dos las conocían y se atenían a ellas.

Tom King nunca había sido hablador, y seguía sentado junto a la ventana, malhumorado, silencioso, mirándose las manos. Las venas destacaban en el reverso de las manos, grandes e hinchadas; y los nudillos, aplastados, deformes y machacados, eran testigos del uso a que habían sido sometidos. Nunca había oído decir que la vida de un hombre era la vida de sus arterias, pero conocía perfectamente el significado de aquellas venas grandes y abultadas. Su corazón había bombeado por ellas demasiada sangre a la máxima presión. Ya no hacían su trabajo bien, había forzado en exceso su elasticidad y, con la distensión, habían perdido su resistencia. Ahora se cansaba fácilmente. Ya no podía resistir veinte asaltos, rápidos, violentos, golpeando, golpeando, golpeando, de *gong* a *gong*, crueles, impetuosos, acorralado contra las cuerdas y acorralando a su vez a su contrincante contra las cuerdas, ataques todavía más duros y fieros al final, en el veinteavo asalto, con el público de pie, aullando, y él atacando, pegando, esquivando, soltando diluvios de golpes sobre diluvios de golpes y recibiendo, a su vez, diluvios de golpes, y todo el tiempo con el corazón bombeando incansablemente la sangre inflamada a través de las venas correspondientes. Las venas, dilatadas durante el combate, siempre volvían a recuperar su tamaño habitual... aunque no del todo: con cada combate, imperceptiblemente al principio, quedaban un poco más hinchadas que antes. Las miraba, y también los nudillos destrozados, y durante un momento tuvo una visión del esplendor juvenil de aquellas manos antes de aplastar el primer nudillo en la cabeza de Benny Jones, también conocido como El Terror de Gales.

La sensación de hambre volvió a acuciarle.

—¡Dios mío! ¡Lo que daría yo por un bistec! —murmuró en voz alta, cerrando sus enormes puños y escupiendo entre dientes un juramento.

—Traté de que me fiaran Burke y Sawley —dijo su mujer casi disculpándose.

—¿Y no quisieron? —preguntó.

—Ni un solo penique. Burke dijo... —a ella le falló la voz.

—¡Maldita sea! ¿Qué te dijo?

—Que creía que Sandel iba a ganar esta noche, y que ya le debíamos bastante.

Tom King gruñó, pero no contestó. Estaba muy ocupado pensando en el *bullterrier* que había tenido de joven, al que alimentaba con bistecs sin fin. Burke le habría fiado mil bistecs... entonces. Pero ahora los tiempos habían cambiado. Tom King se hacía viejo, y los viejos que pelean en clubs de segunda categoría no pueden esperar que los tenderos les fíen.

Se había levantado por la mañana con ganas de comerse un bistec y las ganas no habían disminuido. No se había entrenado bien para este combate. Aquel año había sequía en Australia, los tiempos estaban difíciles y hasta los trabajos más eventuales eran difíciles de encontrar. No había tenido *sparring* para entrenarse, y su alimentación no había sido la más adecuada, por no decir *suficiente*. Había trabajado de peón de albañil los días en que encontró trabajo, y había corrido por el Domain por la mañana temprano, para mantener las piernas en forma. Pero si entrenarse es difícil, lo es más si no se tiene entrenador y sí una mujer y dos niños que alimentar. Su crédito con los tenderos había mejorado ligeramente cuando le propusieron el combate con Sandel. El secretario del Gayety Club le había adelantado tres libras —la bolsa del que perdiera—, y no habían querido darle nada más. De vez en cuando se las había arreglado para que le prestara unos cuantos chelines algún viejo amigo, que le habría prestado más, de no ser por la sequía y porque él también pasaba aprietos. No, era inútil ocultarlo, su entrenamiento no había sido satisfactorio. Tendría que haberse alimentado mejor y tener menos preocupaciones. Además, cuando un hombre ya tiene cuarenta años, le resulta difícil mantener la forma que tenía a los veinte.

—¿Qué hora es, Lizzie? —preguntó.

Su mujer fue a la casa de al lado a preguntar y volvió.

—Las ocho menos cuarto.

—Dentro de pocos minutos empezarán con el primer combate —dijo—. Es sólo un combate de exhibición. Luego está el combate a cuatro asaltos ente Dealer Wells y Gridley, y otro a diez asaltos entre Starlight y un tipo que es marinero. A mí no me toca hasta dentro de una hora.

Al cabo de otros diez minutos de silencio, se puso en pie.

—La verdad, Lizzie, es que no me he entrenado bien.

Cogió el sombrero y se dirigió a la puerta. No besó a su mujer —nunca lo hacía al irse—, pero esta vez ella se atrevió a besarle, echándole los brazos al cuello y obligándole a bajar su cara hasta la de ella. Parecía muy pequeña al lado de aquel pedazo de hombre.

—Buena suerte, Tom —le dijo—. Tienes que ganar.

—Sí, tengo que ganar —repitió él—. No hay otra solución. Tengo que ganar.

Rio, tratando de quitar importancia al asunto, mientras ella se apretaba más contra él. Por encima de los hombros de su mujer miró la habitación desnuda. Era lo único que tenía en el mundo, con los alquileres que debía, ella y los niños. Y lo dejaba para hundirse en la noche y conseguir carne para su compañera y los cachorros... Y no como un obrero moderno que acude a la planta industrial, sino al antiguo modo primitivo, majestuoso, animal: luchando por ella.

—Tengo que ganar —repitió, esta vez con un dejo de desesperación en la voz—. Si gano, serán treinta libras y podré pagar todo lo que debemos y encima nos quedará algo. Si pierdo, no me darán nada, ni siquiera un penique para volver a casa en el tranvía. El secretario ya me ha dado todo lo que le corresponde al que pierda. Adiós. Volveré directamente a casa, si gano.

—Y yo te estaré esperando —le dijo ella desde el descansillo.

Había casi cuatro kilómetros hasta el Gayety y, según caminaba, iba recordando sus buenos tiempos —en una ocasión había sido el campeón de los pesos pesados de Nueva Gales del Sur—, cuando acudía a los combates en un taxi que generalmente pagaba algún aficionado por el placer de acompañarle. Estaban Tommy Burns y aquel yanqui, Jack Johnson, que iban en su propio automóvil. ¡Y él iba andando! Y, como sabe todo el mundo, un paseo de cuatro kilómetros no es lo mejor para antes de un combate. Él ya era viejo, y el mundo no les va bien a los viejos. Ya no servía para nada, excepto para peón de albañil, y hasta para eso no le favorecían su nariz rota y su oreja hinchada. Se sorprendió deseando haber aprendido un oficio. A la larga hubiera sido mucho mejor. Pero nadie se lo había dicho, y sabía, en el fondo de su corazón, que no habría escuchado si se lo hubieran dicho. Todo había sido fácil. Mucho dinero, combates gloriosos, rápidos, periodos de descanso y holgazanería entre los combates, un séquito de aduladores, palmadas en la espalda, apretones de manos, petimetres encantados de invitarlo a un trago a cambio del privilegio de hablar con él cinco minutos, y luego la gloria, los gritos del público, los finales apoteósicos, el "¡Ganador, King!" del árbitro, y su nombre en la sección deportiva de los periódicos del día siguiente.

¡Aquellos sí que habían sido buenos tiempos! Pero ahora, a su modo lento y meditabundo, caía en la cuenta de que a los que entonces había vencido eran tipos acabados. Él era la juventud pujante y ellos la vejez que se hundía. No era extraño que hubiera sido tan fácil... Tenían las venas hinchadas y los nudillos machacados y el cansancio en los huesos, debido a los largos combates que ya habían librado. Se acordó de la vez en que dejó fuera de combate a Stowsher Bill, en Rush-Cutters Bay. Fue en el asalto dieciocho y el viejo Bill había llorado después en el vestuario como un niño. A lo mejor también el viejo Bill debía varios meses de alquiler. A lo mejor también a él le esperaban en casa una mujer y dos niños. Y a lo mejor el día del combate, Bill también había tenido muchas ganas de comer un bistec. Bill había peleado bien y recibido un castigo increíble. Ahora podía comprender; ahora, después de haber pasado por lo mismo que Stowsher Bill se había jugado más que él en aquel combate de hacía veinte años. Más que él, sin duda, Tom King, el joven que había peleado por la gloria y el dinero fácil. No era extraño que después Stowsher Bill hubiera llorado en el vestuario.

Bueno, un hombre sólo puede aguantar cierto número, de peleas... Eso, para empezar. Era la ley inflexible del juego. Un hombre podía aguantar cien combates muy duros; otro, sólo veinte; cada uno, según su naturaleza y su fibra, aguanta un número determinado, y cuando había llegado a ese número, estaba acabado. Sí, él había aguantado más peleas que la mayoría de ellos, y había mantenido más combates de la cuenta (combates duros, salvajes), de esos que obligan a trabajar al, máximo al corazón y a los pulmones, de esos que quitan elasticidad a las arterias y anquilosan la tersa musculatura de la juventud, de esos que acaban con los nervios y la resistencia y cansan los huesos y el cerebro, debido al esfuerzo excesivo. Sí, le había ido mejor que a los otros. Ya no quedaba ninguno de sus viejos compañeros de fatigas. Era el último de la vieja guardia. Los había visto, a todos, acabados, y hasta había echado una mano para acabar con algunos de ellos.

Le habían hecho luchar contra los viejos, y uno a uno los había puesto fuera de combate, riendo, cuando, como en el caso de Stowsher Bill, habían llorado en el vestuario. Y ahora él también era viejo y le hacían enfrentarse con los jóvenes. Estaba ese tal Sandel. Había venido de Nueva Zelanda con todo un récord a sus espaldas. Pero en Australia nadie le conocía, y por eso le enfrentaban al viejo Tom King. Si quedaba bien, le enfrentarían con boxeadores mejores y le ofrecerían una bolsa mayor; conque era de esperar que se defendiera lo mejor posible. Tenía mucho que ganar: dinero, fama y una brillante carrera. Y Tom King sólo era un viejo cascado que le cerraba el paso al camino de la fama y la fortuna. Un viejo que sólo quería ganar treinta libras con las que pagar al casero y a los tenderos. Y mientras Tom King rumiaba en estas cosas, le llegó el recuerdo de la imagen de su juventud, la gloriosa juventud, pujante y exultante e invencible, de músculos ágiles y piel satinada, de corazón y pulmones que nunca se habían cansado y que se reían de la limitación de los esfuerzos. Sí, la juventud era la némesis. Destruía a los viejos y no se daba cuenta de que, al hacerlo, se destruía a sí misma. Dilataba las arterias y machacaba los nudillos, y en su momento era destruida por la juventud. Porque la juventud siempre era joven. Lo único que envejecía era la vejez.

En la calle Castlereagh dobló a la izquierda y tres manzanas más allá se encontró con el Gayety. Un grupo de jóvenes alborotadores que se apiñaban delante de la puerta le abrieron paso respetuosamente, y oyó que uno decía a otro:

—¡Ése es! ¡Ése es Tom King!

Dentro, camino del vestuario, se encontró con el secretario, un joven de mirada intensa y rostro astuto, que le estrechó la mano.

—¿Cómo te encuentras, Tom? —le preguntó.

—Como nunca —respondió King, aunque sabía que estaba mintiendo y que si tuviera una libra, la daría allí mismo a cambio de un buen bistec.

Cuando salió del vestuario, con sus segundos detrás, y avanzó por el pasillo hacia el cuadrilátero que se alzaba en el centro del local, una explosión de vítores y aplausos surgió del público que esperaba. Respondió saludando a derecha e izquierda, aunque conocía a muy pocas de aquellas caras. La mayoría eran de chicos que no habían nacido cuando él ganaba sus primeros laureles en el *ring*. Subió de un salto a la plataforma, se agachó para pasar entre las cuerdas, dirigiéndose a su rincón, donde se sentó en un taburete plegable. Jack Ball, el árbitro, se acercó a darle la mano. Ball era un púgil fracasado que llevaba más de diez años sin librar ni un combate. King se alegró de que fuera el árbitro. Los dos eran viejos amigos. Si se pasaba con Sandel y hacía algo poco reglamentario, Ball haría la vista gorda.

Unos jóvenes pesos pesados aspirantes subieron uno tras otro al *ring* y el árbitro se los presentó al público. También voceó sus retos.

—Young Pronto —anunció Ball—, de North Sydney, reta al vencedor a un combate por cincuenta libras.

El público aplaudió y volvió a aplaudir cuando Sandel saltó entre las cuerdas y se sentó en su rincón. Tom King lo miró con curiosidad desde el otro lado del *ring*. Dentro de pocos minutos estarían trabados en un combate sin piedad, cada uno tratando con todas sus fuerzas de dejar inconsciente al otro. Pero fue poco lo que pudo ver, pues Sandel, lo mismo que él, llevaba un pantalón y un jersey de entrenamiento sobre el calzón de boxeador. Su rostro, de una fiera belleza, estaba coronado por una mata de pelo rubio, mientras que su cuello, grueso y musculoso, delataba un cuerpo magnífico.

Young Pronto fue a uno de los rincones del *ring* y luego al otro, estrechando la mano de los contrincantes, y bajó del cuadrilátero. Los retos continuaron. La juventud eterna, una juventud desconocida, pero insaciable, saltaba entre las cuerdas y gritaba a todo el mundo que con su habilidad y fuerza se consideraba capaz de enfrentarse al vencedor. Años atrás, en sus gloriosos días de invencibilidad, a Tom King le hubieran divertido y aburrido estos preliminares. Pero ahora estaba allí, sentado, fascinado, incapaz de sacudirse de los ojos aquella visión de juventud. Siempre habría jóvenes como aquellos subiendo en el mundo del boxeo, saltando entre las cuerdas y gritando su reto; y siempre habría viejos que se hundirían ante su empuje. Ascendían al éxito pasando sobre los cuerpos de los viejos. Y venían sin cesar, cada vez más jóvenes —juventud indomable e irresistible—, y siempre se quitarían de delante a los viejos, haciéndose viejos ellos mismos y siguiendo la misma cuesta abajo, mientras tras ellos, empujándolos con violencia, venía la eterna juventud —los nuevos niños sedientos de gloria que derribaban a sus mayores, y siempre con más niños detrás de ellos, hasta el fin de los tiempos—, una juventud que siempre vence y nunca morirá.

King miró hacia el palco de la prensa y saludó con la cabeza a Morgan, del *Sportman*, y a Corbett, del *Referee*. Luego levantó sus manos, mientras Sid Sullivan y Charley Bates, sus segundos, le ponían los guantes y los ataban con fuerza, vigilados de cerca por uno de los segundos de Sandel, que antes había examinado con ojo crítico las vendas que envolvían los nudillos de King. Uno de sus segundos estaba en el rincón de Sandel haciendo lo mismo. Quitaron a Sandel el pantalón de entrenamiento y, ya de pie, le quitaron el jersey por encima de la cabeza. Y Tom King, al mirar, vio a la juventud personificada; pecho poderoso, vigoroso, con músculos que se deslizaban y se tensaban como dotados de vida bajo la blanca piel sedosa. El cuerpo entero rebosaba vida, y Tom sabía que era una vida que nunca había rezumado su frescura a través de los poros doloridos durantes los largos combates en los que la juventud paga su precio y de los que no sale tan joven como había entrado.

Los dos hombres avanzaron y se encontraron, y cuando sonó el *gong* y los segundos abandonaron el *ring* con los taburetes, que crujieron al plegarse, se dieron la mano y, al instante, se pusieron en guardia. Y también al instante, como un mecanismo de acero y muelles que se balancea, Sandel empezó a moverse, a avanzar y retroceder, a avanzar de nuevo, lanzando la izquierda a los ojos, un derechazo a las costillas, esquivando un golpe, retrocediendo ligeramente y volviendo a avanzar una vez más en una danza amenazadora. Era rápido y hábil. Aquello era una deslumbrante exhibición. El público gritó con aprobación. Pero King no estaba impresionado. Había librado demasiados combates y con demasiados jóvenes. Conocía perfectamente cómo eran los golpes: demasido rápidos y ligeros para resultar peligrosos. Era evidente que Sandel quería terminar cuanto antes. Era de esperar. Se trataba de la fuerza en ataques salvajes y furiosas acometidas, anonadando al contrincante con su ilimitado deseo de poder y gloria.

Sandel avanzaba y retrocedía, estaba aquí, allá, en todas partes, ligero de pies e impaciente de corazón, una maravilla viviente de carnes blancas y músculos tensos que tejía una deslumbrante trama de ataques, deslizándose y saltando como una lanzadera volante de movimiento en movimiento a través de mil movimientos, todos ellos centrados en la destrucción de Tom King, que se alzaba entre él y la fama. Y Tom King aguantaba paciente. Conocía su oficio y conocía la juventud, ahora que la juventud le había abandonado. No había nada qué hacer hasta que el otro perdiera algo de su energía, pensaba, y se sonrió para sus adentros cuando se agachó deliberadamente para recibir un fuerte golpe en lo alto de la cabeza. Se trataba de una artimaña dudosa, pero que sin duda entraba dentro de las reglas del boxeo. Un púgil se supone que debe cuidar de sus propios nudillos y si insistía en golpear a su contrincante en lo alto de la cabeza, peor para él. King hubiera podido agacharse más y esquivar el golpe, pero recordaba sus primeros combates y cómo se había destrozado por primera vez sus nudillos contra la cabeza de el Terror de Gales. Se limitaba a seguir las reglas del juego. Al encajar el golpe, aplastó uno de los nudillos de Sandel. No es que a Sandel le importara eso ahora. Seguiría adelante, soberbiamente ajeno al hecho, pegando lo más fuerte que pudiera durante todo el combate. Pero más adelante, cuando empezaran a contar las largas peleas en el *ring*, lamentaría aquel nudillo destrozado y, al mirar atrás, recordaría que se lo había aplastado contra la cabeza de King.

El primer asalto fue, sin duda, para Sandel, y el público le aplaudía y gritaba celebrando la rapidez de sus ataques. Abrumó a King con una avalancha de puñetazos, y King no hacía nada. No atacó ni una sola vez, contentándose con cubrirse, parar y esquivar y agarrarse para evitar el castigo. Amagaba ocasionalmente, sacudía la cabeza al encajar los puñetazos y se movía pesadamente sin saltar ni estirarse, sin desperdiciar ni un gramo de fuerza. Sandel tenía que perder la efervescencia de la juventud antes de que la edad madura se atreviera a desquitarse. Todos los movimientos de King eran lentos y metódicos, y sus ojos de pesados párpados y de lentos movimientos le daban la apariencia de un hombre semidormido o aturdido. Y, sin embargo, sus ojos lo veían todo, unos ojos que habían sido entrenados para verlo todo a lo largo de sus veinte años y pico en el *ring*. Eran ojos que no parpadeaban ni se cerraban ante un golpe inminente, sino que miraban fríamente y medían las distancias.

Sentado en su rincón durante el minuto de descanso al final del primer asalto, se quedó con las piernas estiradas, los brazos descansados en el ángulo correcto de las cuerdas, el pecho y abdomen agitándose, mientras respiraba jadeante y a fondo el aire que le proporcionaban las toallas de sus segundos. Oía con los ojos cerrados las voces del público.

—¿Por qué no peleas, Tom? —le gritaban muchos—. ¿No le tendrás miedo, verdad?

—Los músculos entumecidos —oyó comentar a un hombre de la primera fila—. No puede moverse con rapidez por eso. Apuesto dos a uno por Sandel.

Sonó el *gong* y los dos hombres avanzaron desde sus rincones. Sandel recorrió las tres cuartas partes del ring dispuesto a volver a empezar; King se contentó con recorrer la distancia más corta, lo que estaba de acuerdo con su política de economizar esfuerzos. No estaba bien entrenado, no había comido lo suficiente, y cada paso contaba. Además, ya había recorrido caminando cuatro kilómetros para llegar al club. Fue una repetición del primer asalto, con Sandel atacando como un torbellino y el público preguntándose indignado por qué no combatía King. Aparte de algún que otro amago y de unos cuantos golpes lentos e inefectivos, no hacía más que esquivar y parar y agarrarse. Sandel quería imponer un ritmo rápido, mientras que King, perro viejo como era, se negaba a seguirle el juego. Sonrió con un cierto patetismo nostálgico y continuó ahorrando energía con un celo del que sólo la edad es capaz. Sandel era la juventud, y derrochaba sus fuerzas con el descuido generoso de la juventud. A King le pertenecía el dominio del *ring*, la sabiduría acumulada en largos y dolorosos combates. Lo observaba todo con mirada fría y sin perder la calma, moviéndose lentamente y esperando que la efervescencia de Sandel se disipara. La mayor parte de los espectadores consideraba inevitablemente la derrota de King y expresaba su opinión en forma de ofertas de apuestas de tres a uno a favor de Sandel. Pero había algunos más avisados, muy pocos, que conocían a King desde hacía mucho tiempo, y que cubrían las apuestas considerando que ganaría fácilmente.

El tercer asalto empezó como los anteriores, desequilibrado, con Sandel tomando la iniciativa y castigando con dureza. Había pasado medio minuto cuando Sandel, excesivamente confiado, descuidó la guardia. Los ojos de King brillaron y, al mismo tiempo, su brazo derecho adquirió la celeridad de un relámpago. Se trataba de su primer golpe de verdad: un gancho, con el brazo derecho arqueado y rígido, y con todo el peso de su cuerpo apoyándolo. Era como un león aparentemente dormido que de pronto lanzara un rápido zarpazo. Sandel, alcanzado en un lado de la mandíbula, cayó en la lona como un buey. El público se quedó con la boca abierta y se oyeron unos cuantos aplausos dispersos. Después de todo, King no tenía los músculos agarrotados y era capaz de golpear como un martillo de fragua.

Sandel estaba aturdido. Se dio la vuelta y trató de levantarse, pero los gritos de sus segundos diciéndole que esperara hasta el final de la cuenta le contuvieron. Apoyado en una rodilla, listo para levantarse, esperó mientras el árbitro, inclinado sobre él, contaba los segundos en voz alta junto a su oído. A la cuenta de nueve se levantó listo para atacar, y Tom King, frente a él, lamentó que el golpe no le hubiera alcanzado la mandíbula en el centro por sólo unos pocos centímetros. Le habría dejado fuera de combate, y él se hubiera llevado las treinta libras a casa para su mujer y sus hijos.

El asalto continuó hasta el final de los tres minutos. Sandel mostraba por primera vez respeto a su contrincante y King seguía con los movimientos lentos y los ojos adormilados de siempre. Cuando el asalto se acercaba al final, King, advertido por el hecho de que sus segundos estuvieran agazapados al borde del *ring*, hizo lo que pudo por llevar a Sandel a su rincón del cuadrilátero. Y cuando sonó el *gong* se sentó inmediatamente en el taburete, mientras que su adversario tenía que recorrer toda la diagonal del *ring* para llegar a su propio rincón. Sin duda, era poca cosa, pero la suma de pocas cosas era precisamente lo que contaba. Sandel se vio obligado a caminar unos cuantos pasos más, a gastar más energía, y a perder unos segundos preciosos de descanso. Al comienzo de cada asalto, King se resistía a abandonar su rincón, obligando a su contrincante a recorrer la distancia mayor. Mientras que al final de cada asalto, se las arreglaba para encontrarse en su propio rincón y así poder sentarse de inmediato.

Pasaron otros dos asaltos, en los que King fue tan avaro en sus esfuerzos como Sandel pródigo en malgastarlos. Los intentos de este último porque el combate fuera rápido perjudicaban a King, pues un alto porcentaje de los innumerables golpes que llovían sobre él alcanzaban su objetivo. Y con todo, King insistía en su lentitud, y eso a pesar de los gritos de los aficionados más jóvenes para que atacara. En el sexto asalto, Sandel volvió a descuidar su guardia y de nuevo la terrible derecha de Tom King le alcanzó la mandíbula, y Sandel otra vez oyó contar al árbitro hasta nueve.

Hacia el séptimo asalto, la impetuosidad de Sandel se había esfumado, y éste se dispuso para lo que sabía iba a ser la pelea más dura que jamás hubiera mantenido. Tom King era un viejo, sin duda, pero el mejor viejo con el que se había enfrentado: un viejo que jamás perdía la cabeza, que era especialmente hábil en la defensa y cuyos golpes tenían la fuerza de un mazazo, aparte de que podía dejarle fuera de combate con cualquiera de sus puños. Con todo, King no se arriesgaba a descargar sus puñetazos con frecuencia. Nunca se olvidaba de sus nudillos machacados y sabía que cada golpe contaba, si quería que sus nudillos resistieran hasta el final del combate. Cuando se sentaba en su rincón, mirando a su adversario en la esquina de enfrente del *ring*, pensaba que la suma de su experiencia y de la juventud de Sandel darían como resultado un campeón de los grandes pesos. Pero ahí estaba el problema. Sandel nunca sería campeón del mundo. Carecía de experiencia, y la única manera de adquirirla era pagándola con su juventud; y cuando tuviera esa experiencia, se habría quedado sin juventud.

King aprovechó todas las ocasiones que se le presentaron. Jamás perdía oportunidad de agarrarse a Sandel y, al hacerlo, clavaba su hombro todo lo que podía en las costillas del otro. En la filosofía del *ring*, un hombro es tan eficaz como un puñetazo en lo que se refiere al daño que puede causar, y muchísimo más en lo que se refiere al ahorro de energía. Además, siempre que se agarraba, King descansaba todo su peso sobre su adversario, y se resistía a dejar que se soltase. Esto obligaba a que interviniera el árbitro, que los separaba, siempre ayudado por Sandel, que todavía no había aprendido a descansar. No podía resistirse a emplear aquellos gloriosos brazos voladores y aquellos músculos de acero, y cuando el otro se apretaba contra él, hundiendo el hombro en sus costillas y descansando la cabeza bajo su brazo izquierdo, Sandel, casi invariablemente, daba impulso a su brazo derecho tras la espalda y lo proyectaba contra la cara de King. Era una maniobra hábil, muy admirada por el público, pero no resultaba peligrosa y, además, suponía un derroche inútil de energía. Pero Sandel era incansable y no se imponía limitaciones, y King se sonreía para sus adentros y seguía aguantando.

Sandel empezó entonces a dirigirle derechazos al cuerpo, algo que hacía parecer que King estaba recibiendo un tremendo castigo, aunque sólo los viejos aficionados apreciaban el ligero roce del guante izquierdo de King en el bíceps de su adversario justo antes del recibir el impacto del puñetazo. Sin duda, los golpes eran certeros, pero también era indudable que ese toque imperceptible en el bíceps le robaba toda su eficacia. En el noveno asalto, tres veces en un solo minuto, tres ganchos de King alcanzaron la mandíbula de Sandel, y tres veces cayó éste sobre la lona. Cada vez esperó hasta la cuenta de nueve antes de levantarse, aturdido y torpe, pero todavía fuerte. Había perdido gran parte de su velocidad y derrochaba menos esfuerzos. Peleaba inflexible, pero continuaba recurriendo a su principal recurso: la juventud. El principal recurso de King era la experiencia. A medida que su vitalidad se apagaba y su vigor se debilitaba, los había ido remplazando con astucia, con la experiencia nacida de los largos combates y el ahorro cuidadoso de energía. No sólo había aprendido a no realizar esfuerzos superfluos; además, obligaba a su contrario a malgastar su fuerza. Una y otra vez, fintando y amagando con los pies y las manos y el cuerpo, seguía obligando a Sandel a retroceder agachándose o a contratacar. King descansaba, pero nunca dejaba descansar a Sandel. Era la estrategia de la vejez.

Al empezar el décimo asalto, King empezó a detener las acometidas del otro con izquierdazos dirigidos a la cara, y Sandel, progresivamente más cansado, respondió con su izquierda, y luego le lanzó un derechazo a la parte izquierda de la cabeza. Era un golpe demasiado alto para ser decisivo, pero al recibir el puñetazo, King reconoció que sobre su mente volvía a cernerse el negro velo de la inconsciencia. Durante un segundo, o mejor dicho, durante una fracción de segundo, perdió la vista. Por un momento su contrincante desapareció de su campo de visión y lo mismo el telón de fondo de rostros blancos que les miraban, y al momento siguiente de nuevo vio a su oponente y al telón de fondo. Fue como si hubiera dormido durante un momento y acabara de volver a abrir los ojos y, sin embargo, el intervalo de inconsciencia fue tan corto que ni siquiera tuvo tiempo para caer. El público le vio tambalearse, vacilar sobre sus rodillas, y enseguida le vio recuperarse y hundir su barbilla en el refugio del hombro izquierdo.

Sandel repitió el golpe varias veces, dejando a King parcialmente aturdido, y entonces este último desarrolló una defensa que también era un contrataque. Fintando con la izquierda, dio medio paso hacia atrás, al tiempo que lanzaba un gancho con toda la fuerza de su derecha. Tan preciso fue el golpe, que alcanzó de lleno la cara de Sandel que se había agachado para esquivarlo, y Sandel se elevó en el aire y cayó de espaldas en la lona, golpeándose la nuca y los hombros. Dos veces hizo esto King, y luego se desató y acorraló a su contrincante contra las cuerdas. No le daba a Sandel tiempo para descansar ni para recuperarse, sino que descargaba puñetazo tras puñetazo hasta que el público se puso de pie y el aire se llenó de una ininterrumpida salva de aplausos. Pero la fuerza y resistencia de Sandel eran soberbias, y se mantenía en pie. El fuera de combate parecía seguro, y un capitán de la policía, asustado por el terrible castigo, se acercó al *ring* para detener el combate. Sonó el *gong* que indicaba el final del asalto, y Sandel se dirigió tambaleante a su rincón, asegurando al policía que se encontraba perfectamente y con fuerzas. Para demostrarlo, hizo un par de piruetas en el aire, y el policía se dio por satisfecho.

Tom King, con la espalda apoyada en las cuerdas de su rincón y respirando con dificultad, estaba decepcionado. Si hubieran detenido el combate, el árbitro, necesariamente, se habría visto obligado a declararle vencedor y la bolsa habría sido suya. Al contrario que Sandel, él no luchaba por la gloria o por un futuro, sino por las treinta libras. Y ahora Sandel se recuperaría en el minuto de descanso.

La juventud siempre se imponía... Estas palabras relampaguearon en la mente de King, y recordó la primera vez que las había oído: la noche en que había puesto fuera de combate a Stowsher Bill. El aficionado que le había invitado a una copa después de la pelea y le había dado una palmada en los hombros había utilizado esas palabras. ¡La juventud siempre se imponía! El aficionado tenía razón. Y aquella noche, muchos años atrás, él era joven. Esta noche, la juventud se sentaba en el rincón de enfrente. En cuanto a él, ya llevaba peleando media hora, y era viejo. Si hubiera luchado como Sandel, no habría durado ni quince minutos. Pero la cuestión era que no conseguía recuperarse. Aquellas arterias gastadas y aquel corazón del que tanto había abusado no le permitían recobrar las fuerzas en los intervalos entre los asaltos. Y para empezar, no había iniciado el combate con fuerzas suficientes. Las piernas le pesaban y empezó a sentir calambres. No debió haber andado aquellos cuatro kilómetros hasta el club. Y, además, estaban las tremendas ganas de comerse un bistec de aquella mañana. De pronto, en su interior creció un enorme y terrible odio hacia los carniceros que le habían negado el crédito. Era duro para un viejo acudir a un combate sin haber comido bastante. Y un bistec era tan poca cosa... A lo más, unos pocos peniques. Y sin embargo, para él significaba treinta libras.

Sandel se lanzó en cuanto sonó el *gong* que abría el asalto número once e hizo alarde de un vigor que de hecho no tenía. King se dio enseguida cuenta de lo que pasaba: era un truco tan viejo como el propio boxeo. Se agarró a Sandel en un *clinch* para defenderse y luego, dejándolo libre, le permitió ponerse en posición de ataque. Esto era lo que King deseaba. Amagó con la izquierda, esquivó el gancho con que respondió su adversario y hechó hacia atrás el puño; luego dio medio paso hacia atrás y lanzó un gancho que alcanzó a Sandel en plena cara y le derribó sobre la lona. Después de eso no le volvería a dejar descansar; recibía bastantes golpes, pero asestó muchos más, aplastando a Sandel contra las cuerdas, alcanzándole con todo tipo de puñetazos, evitando sus *clinchs* o quitándoselo de encima, y sosteniendo con una mano a Sandel para evitar que cayera y, aplastándole con la otra contra las cuerdas, donde no pudiera caer.

Por entonces, el público había enloquecido. Estaba a su favor y casi a una gritaba:

—¡Duro con él, Tom! ¡Ya lo tienes, ya lo tienes! ¡Duro con él, Tom! ¡Duro con él!

Iba a ser un final arrollador, uno de esos por los que paga por ver el aficionado al boxeo.

Y Tom King, que durante media hora había ahorrado esfuerzos, ahora los derrochaba pródigamente en el solo esfuerzo que sabía que era capaz de hacer. Era su única oportunidad... Ahora o nunca. Las fuerzas le abandonaban con rapidez, y esperaba que, antes de que le dejaran del todo, pudiera haber dejado fuera de combate a su adversario. Y mientras seguía pegando y forcejeando, calculando fríamente el peso de sus puñetazos y la cualidad del daño que infringían, se dio cuenta de lo difícil que era derrotar a Sandel. Poseía fibra y resistencia en su más alto grado, y eran la fibra y la resistencia vírgenes de la juventud. Sandel sería una figura, era indudable. No carecía de cualidades para serlo. De una fibra semejante estaban hechos los boxeadores de éxito.

Sandel vacilaba y se tambaleaba, pero las piernas de Tom King tenían calambres y sus nudillos estaban en contra suya. Sin embargo, tenía fuerzas suficientes para lanzar los puñetazos finales, cada uno de los cuales llenaba de angustia sus torturadas manos. Aunque prácticamente ya no recibía ningún castigo, se debilitaba tan rápidamente como su adversario. Sus puñetazos eran precisos, pero carecían de fuerza, y cada golpe era el resultado de un intenso esfuerzo de voluntad. Sus piernas eran como de plomo y vacilaban visiblemente; entonces, los seguidores de Sandel, animados por este síntoma de cansancio, comenzaron a lanzar gritos de ánimo a su ídolo.

King se sintió espoleado a realizar un esfuerzo definitivo. Lanzó dos puñetazos, uno tras otro: un izquierdazo alto dirigido al plexo solar y un derechazo directo a la mandíbula. No fueron demasiado fuertes, pero Sandel estaba tan débil y tambaleante, que cayó a la lona y allí se quedó jadeante. El árbitro, inclinado sobre él, contaba a su oído los segundos fatales. Si no se levantaba antes de llegar a diez, habría perdido el combate. El público se puso de pie en silencio. King se sostenía sobre unas piernas temblorosas. Un vértigo mortal le dominaba, y ante sus ojos subía y bajaba un mar de caras, mientras que a sus oídos, como desde una distancia remota, llegaba la cuenta del árbitro. Daba por seguro que el combate era suyo. Era imposible que un hombre tan castigado pudiera levantarse.

Sólo la juventud podía levantarse, y Sandel se levantó. A la cuenta de cuatro se dio la vuelta y buscó ciegamente las cuerdas. A la de siete había conseguido ponerse de rodillas y descansó con la cabeza tambaleándose inconsciente sobre los hombros. Cuando el árbitro gritó: "¡Nueve!", Sandel se levantó en posición defensiva, con el brazo izquierdo plegado sobre el rostro y el derecho cubriéndole el estómago. Así protegía sus puntos vitales, mientras se lanzaba hacia King con la esperanza de agarrarse a él en un *clinch* y ganar algo de tiempo.

En el instante en que se levantó Sandel, King se le echó encima, pero los dos puñetazos que lanzó fueron ahogados por los dos brazos en guardia. Al momento siguiente, Sandel le agarraba en un *clinch* y resistía con desesperación, mientras el árbitro se esforzaba por separar a los dos hombres. King contribuía a liberarse de Sandel. Sabía lo rápido que se recuperaban los jóvenes y sabía que Sandel sería suyo si conseguía evitar que se recuperara. Un buen golpe bastaría. Sandel ya era suyo, sin duda era suyo. Le había superado en combatividad, en técnica y en puntos. Sandel quedó, sin el apoyo del *clinch*, tambaleándose en la cuerda floja entre la derrota y la supervivencia. Un buen golpe bastaría para tumbarle y dejarle fuera de combate. Y Tom King, con una explosión de amargura, recordó al bistec y deseó tenerlo en el estómago cuando soltara el puñetazo definitivo. Reunió fuerzas para el golpe, pero éste no fue ni lo bastante fuerte ni lo bastante rápido. Sandel se tambaleó, pero no cayó, retrocedió tambaleante hasta las cuerdas agarrándose a ellas. King le siguió vacilante y, sintiendo el dolor que preludiaba el final, soltó otro golpe. Pero el cuerpo le había abandonado. Lo único que de él le quedaba era una inteligencia para combatir que estaba disminuida y nublada por el agotamiento. El puñetazo que iba dirigido a la mandíbula sólo llegó a alcanzar el hombro. Había apuntado más alto, pero sus cansados músculos no fueron capaces de obedecerle. Y, el impacto de su propio golpe hizo que King se tambaleara y estuviera a punto caer. Lo intentó una vez más. Esta vez, el puñetazo falló por completo, y de pura debilidad cayó contra Sandel y se agarró a él para evitar derrumbarse sobre la lona.

King ni siquiera intentó soltarse. Había quemado su último cartucho. Estaba agotado. Y la juventud se había impuesto. Incluso, durante el *clinch* pudo notar que Sandel recuperaba fuerzas. Cuando el árbitro los separó, allí, ante sus ojos, vio recuperarse a la juventud. Instante a instante, Sandel se iba haciendo más fuerte. Sus golpes, débiles e ineficaces al principio, se fueron volviendo potentes y precisos. Los turbios ojos de Tom King vieron el puño enguantado dirigiéndose a su mandíbula y quiso parar el golpe interponiendo el brazo. Vio el peligro, quiso actuar, pero el brazo le pesaba demasiado. Parecía cargado con un quintal de plomo. No conseguía levantarlo y trataba de hacerlo impulsado por la fuerza de su espíritu. Entonces, el puño aterrizó en su mandíbula. Sintió un dolor agudo que era como una descarga eléctrica, y simultáneamente le envolvió un velo de oscuridad.

Cuando volvió a abrir los ojos, estaba en su rincón y oía el gritar del público, como si fuera el rugir de las olas en la playa de Bondi. Apretaban una esponja contra la base de su nuca, y Sid Sullivan le rociaba con agua fresca la cara y el pecho. Ya le habían quitado los guantes, y Sandel, inclinado sobre él, le estrechaba la mano. No sentía rencor hacia el hombre que le había puesto fuera de combate y devolvió el apretón de manos con una fuerza que hizo protestar a sus magullados nudillos. Luego Sandel se dirigió al centro del *ring* y el público acalló su pandemonium para oírle aceptar el reto de Pronto y su ofrecimiento de que la bolsa fuera de cien libras. King le miraba apático, mientras sus segundos le engujaban el agua que chorreaba, le secaban la cara y lo preparaban para abandonar el *ring*. Tenía hambre. No era el hambre habitual que roe, sino una gran debilidad, una palpitación en lo más profundo del estómago que se comunicaba a todo su cuerpo. Recordaba el momento del combate en que había tenido a Sandel en la cuerda floja, a punto de ser derrotado. ¡Ay, con aquel bistec lo hubiera conseguido! Le había faltado para asestar el puñetazo decisivo, y había perdido. Y todo eso por culpa del bistec.

Sus segundos medio le sostenían cuando le ayudaron a cruzar entre las cuerdas. Se libró de ellos, pasó por sí solo entre las cuerdas y saltó pesadamente al suelo, siguiendo sus pasos, mientras le abrían paso a lo largo del atestado pasillo central. Al dejar el vestuario camino de la calle, en la entrada del vestíbulo, un joven se dirigió a él.

—¿Por qué no lo liquidaste cuando ya era tuyo? —le preguntó.

—¡Vete al Infierno! —respondió Tom King, y bajó los escalones hacia la acera.

Las puertas del bar de la esquina se mecían ampliamente, y distinguió las luces y a las sonrientes camareras, oyendo muchas voces que comentaban el combate y el tintineo de las monedas en la barra. Alguien le llamó para invitarle a una copa.

Dudó de modo evidente, luego rechazó la invitación y siguió su camino.

No llevaba ni un céntimo en el bolsillo, y los cuatro kilómetros de regreso a su casa le parecieron demasiado largos. Indudablemente se estaba haciendo viejo. Al cruzar el Domain, se sentó de repente en un banco, inquieto, ante el pensamiento de que su mujer estaría sentada esperándole para enterarse del resultado del combate. Aquello era más duro que cualquier gancho y le parecía imposible de encarar.

Se sentía débil y agotado, y el dolor de sus destrozados nudillos le decía que, aunque encontrara trabajo en la construcción, pasaría una semana antes de que pudiera coger un pico o una pala. La palpitación de hambre en el fondo de su estómago le estaba poniendo enfermo. Estaba exhausto y a sus ojos acudió una humedad desacostumbrada. Se tapó la cara con las manos y, mientras lloraba, recordó al viejo Stowsher Bill y cómo le había dejado fuera de combate aquella noche de hacía tanto tiempo. ¡Pobre Stowsher Bill! Comprendía ahora por qué había llorado Bill en el vestuario.

ÍNDICE

Otros títulos en la
BIBLIOTECA JUVENIL
Siempre clásicos,
siempre contemporáneos

Retrato del artista adolescente
James Joyce
Prólogo de Juan García Ponce

El ángel caído y otros relatos
Amado Nervo
Prólogo de Vicente Leñero

Hombres sin mujer
Carlos Montenegro
Prólogo de Luis Zapata

Concierto barroco
Alejo Carpentier
Prólogo de Gonzalo Celorio

Fray Servando
Artemio de Valle-Arizpe
Prólogo de Christopher Domínguez Michael

La jaula del tordo
Herminio Martínez
Prólogo de Vicente Francisco Torres

Nosotros
Yevgeni Zamiatin
Prólogo de Julio Travieso

Cuentos de Jack London, de Jack London,
fue impreso y terminado en agosto de 2013
en Encuadernaciones Maguntis, Iztapalapa,
México, D. F. Teléfono: 5640 9062.

Cuidado de la edición: Karla Bernal Aguilar
Interiores: Sara Castillo Salinas